講談社文庫

ビジネスウォーズ

カリスマと戦犯

江波戸哲夫

講談社

目次

『ビジネスウォーズ　カリスマと戦犯』――おもな登場人物

大原史郎《おおはらしろう》　嵐出版社《あらし》の「ビジネスウォーズ」編集委員。
五十嵐岳人《いがらしがくと》　嵐出版社の創業者。
五十嵐和子《かずこ》　岳人の妻。嵐出版社会長。
五十嵐隼人《はやと》　岳人の息子。社長兼「ビジネスウォーズ」編集長。
玉木《たまき》　仁《ひとし》　嵐出版社編集一課担当の副編集長。
佐伯《さえき》　毎朝《まいちょう》新聞出身。「ビジネスウォーズ」新副編集長。
永瀬《ながせ》　亮《りょう》　大原が鍛《きた》えている若手の有望記者。
愛野《あいの》　新宿の碁会所《ごかいしょ》「天元《てんげん》」の看板席亭。
岸田《きしだ》　「天元」の常連で大原の碁敵《ごがたき》。

大原知子《ともこ》　大原の妻。
大原美咲《みさき》　大原の長女。大学一年。
大原拓也《たくや》　大原の長男。高校二年。
北畠大樹《きたばたけたいき》　総合電機メーカー「京桜《けいおう》電機」の元会長。
鈴木邦夫《すずきくにお》　北畠の後任社長。
田中雄介《たなかゆうすけ》　東都《とうと》新聞社会部記者。大原の情報源。
夏目《なつめ》　「京桜テック」社員。
秋山《あきやま》　「京桜電機」元社員。夏目と同期。
花村《はなむら》　「月刊文潮《ぶんちょう》」を擁《よう》する有力出版社「文潮社」社長。

ビジネスウォーズ

カリスマと戦犯

1章　社長夫人

1

飲みたい気分が大原史郎《おおはらしろう》の体の奥で小さな渦《うず》を巻いていた。どこか場末の、知った顔の一つもない店を、その渦が求めていた。

歌舞伎町《かぶきちょう》の外れをどのくらい彷徨《さまよ》っていただろうか？　暖簾《のれん》の隙間《すきま》からその店をのぞきこんだとき、手がガラス戸を引いていた。

厨房《ちゅうぼう》らしきものを囲むようにカウンターがあり、その半分ほどを客が埋めていた。店内はセピア色の靄《もや》が立ち込めているように見え、自分もすぐにその中に溶け込める気がした。

カウンターの中にいた親父がちらりと視線をぶつけてきた。熊のように分厚い体をしている男は声も出さずまな板に目を戻した。

ガラス戸の反対側に回り体中の力を抜いて腰を降ろした。

何に、するの？

親父にそう声をかけられ、自分がカウンターに座ってからしばらくボーっとしていたことに気付いた。

「熱燗《あつかん》」

慌《あわ》てていうと親父はようやく表情を弛《ゆる》め、お通しの小皿を目の前に差し出した。

まだ周囲の様子が意識にはっきり映ってこない。目なのか頭なのか、よく働いていないようだ。

二時間ほど前に五十嵐《いがらし》夫人から次々と浴びせられたいくつもの言葉が、大原の脳裏で潮騒《しおさい》のように繰り返し寄せては返していた。

自分がこんな精神状態になるとは思ってもいなかった。そのうち必ず起きることだと、覚悟していたはずだったのだから。

——大原君は、編集長ってタイプの人間じゃないのよ。組織をまとめていくのではなくて、むしろ一匹狼でしょう？　前社長も前から、そういっていた。だからこれからはあなたにふさわしい立場になってもらいます。

幾つかの似たような言葉を浴びてもしばらく大原は何の反応も示さなかった。いつにない硬い口調と、いつもの「副編集長」が「大原君」に変わっていることに違和感を覚えたが、中身に不満があったわけではない。

しかし夫人は無言のままの大原が怒っていると思ったらしい。話が思いがけない方向へと流れていった。

——大原君は元々ジジ殺しなのよ。いっちゃ悪いけれど、まあ昭和もだいぶ昔のヤクザみたい。親分肌の男はそういうのに弱いから、前社長もコロリとやられちゃった。女はそうはいかないわ。

五十嵐社長からも、お前はヤクザだな、と言われたことがある。しかし夫人が込めたニュアンスとは真反対だった。

新興企業の内紛を暴いて、堅気とは思えない口調で文句をつけてきた社長に内紛のさらに奥を記事にすると匂《にお》わせて黙らせたり、全国紙の名物記者の偉そうなクレームにそいつが秘密にしているつもりの愛人の名前を出して土下座をさせたり。そんなとき社長は愉快《ゆかい》そうに笑って「お前はヤクザだな」といったのだ。「社長に教わったんですよ」と返すと笑声はいっそう高くなった。

大原は誰にでもそんな対応をするわけではない。大原が内心で決めているラインを無神経に越えてきた相手だけだ。夫人はそんなことを毛ほども理解していない。

——でも、前社長はいつもあたしには愚痴《ぐち》をいっていたのよ。あいつはあっちこっちに人脈を持っているくせに、金を引っ張ってくる気がない、使う方の専門だと思っていやがる。それじゃ「ビジネスウォーズ」はやっていけないんだよなって。

似たようなことを社長から言われたこともある。

しかし社長の言葉は、お前はそれでいい、お前があちこちのＶＩＰをたらし込んだり、情報屋を抱え込んで、「ビジネスウォーズ」に面白い記事を書いてくれれば、おれも仕事がやりやすくなる、と続いた。

経営は社長が支えるから自分は誌面に全力投球すればいい、と二人の気持ちがぴたりと重なっていると思っていた。それを夫人は一つ一つひっくり返していく。

——お金が引っ張れないあいつには「ビジネスウォーズ」は任せられないっていうのが前社長の考えだったのよ。そりゃそうでしょう。扶養《ふよう》家族を食わせることができない者は一家の主《あるじ》にはなれないわ。あたしも隼人《はやと》社長もしょっちゅうそう聞かされていた。

「明日、新しい人事を社内に発令するわよ」

突然、大原を会議室に呼び出してそういったのに、まだ就任してもいない息子を「隼人社長」と呼んでいる夫人の話を平静に聞いてはいられなくなった。

夫の五十嵐岳人《がくと》が会社を興して以来、経理を任されていた夫人は、時に金策の苦労も味わいながら、岳人が倒れるまではどこか主婦らしさをにじませていた。

若い頃は日本的な美人だったろうと思わせる顔立ちや立ち居振る舞いには、ビジネスの修羅場とは似合わない柔らかなものが漂っていた。

しかし倒れて以降、その柔らかさは日々薄れ、いま目の前にいる夫人はどこか別人になってしまったように見えた。

「私は社長からいつも隼人さんを厳しく鍛えてくれと」

大原が言いかけるのを抑え込むように夫人は続けた。

――もう隼人社長はちゃんとやっていけるわ。いまこの業界は紙の感覚ではなくてネットの感覚を持った若者が引っぱって行く時代なのよ。

ぐい飲みで熱燗を飲み続けていた大原はその台詞《せりふ》が脳裏に蘇《よみがえ》ったとき唸《うな》り声《ごえ》のようなものを上げたらしい。

カウンターの中の親父が小気味いい音を立て何かを切っていた包丁を止め大原を見

た。一瞬、その目の中を怪しげなものを見た色がよぎった。

自分の唸り声を取りつくろうつもりで大原は熱燗を追加注文した。多分二合徳利《どっくり》が三本目になるだろう。

夫人の言葉の潮騒を追い払いたいのかもう一度確めたいのか自分でも分からないが、頭の中の言葉は止まることがない。

――うちをすぐに辞めてくれなんてことをいっているわけじゃないのよ。編集委員って肩書をあげるから、当分、自由な立場で好きなことをやってくれていていいわ。これは隼人社長も了解していることだからね。

「私が好きなことをやっていたら『ビジネスウォーズ』は毎月出ませんよ」

思わず口にした言葉を夫人はそれ以上いわせなかった。

――それが考え違いなのよ。大原君の唯我独尊《ゆいがどくそん》の乱暴な記事がどれほど前社長を困らせてきたか、分かっていないんでしょう。大口の法人購読料がパーになりそうなことが何度もあったのよ。その点、隼人社長は立派に先代のＤＮＡを継いでいるし、佐伯《さえき》新副編集長も、毎朝《まいちょう》新聞で修業してきただけのことはある。

夫人は明日発令するという肩書を正確に口にするが、大原のことは「大原君」としかいおうとしない。

「私が社長を困らせたなんて、一度も聞いたことありませんよ」

――一杯あったけど、大原君は一匹狼だから、言っても無駄なんだって諦《あきら》めていた。だけど前社長もそれじゃまずいと思ったから隼人社長をちゃんと計画的にわが社に迎え入れて、きちんと平の記者から始めて、副編集長、オンライン編集長と修業させて、そろそろバトンタッチしようと思っていたら、あんなことになっちゃって。

そこで少し声を詰まらせた。演技なのか思わず感極まったのか分からなかった。

一年半前までは経済雑誌「月刊ビジネスウォーズ」を刊行する「嵐《あらし》出版社」の創業者・五十嵐岳人が社長兼編集長で、大原が二課を担当する副編集長、玉木仁《たまきひとし》が一課を担当する副編集長だった。

社長の一人息子の隼人は、大学を卒業した後、全国紙「毎朝新聞」に就職して「嵐出版社」の跡取りになる修業をしていた。ところが就職してからも続けていたアマチュアバンドで自主制作したCDが、思いがけずメディアに取り上げられて少し売れたのに舞い上がり、「毎朝新聞」を飛び出して、バンド活動に全エネルギーを注ぐようになった。

副社長として経理を見ていた夫人は前途を心配してたしなめたが、社長は隼人の好きに任せていた。社長はまだ青二才の息子の人生より「ビジネスウォーズ」の行く末に関心が強かったのだ。

隼人が精力を注ぎこんだバンドは、間もなく小さなライブハウスでの公演と返品の山となったCDを手売りするくらいしか活動の機会がなくなった。三年目から仲間がポロポロと離れていき、四年目になるとフリーターの様な日々を送ることとなった。

そんな隼人を見ていられなくなった夫人が夫を泣き落として、隼人を「嵐出版社」に引き取ったのだ。

隼人は、夫人のいった通り平の編集者から修業を始めたが、それは岳人社長の方針だった。隼人は一応の合格点を取り、二年前、自ら強く望んで創刊した「ビジネスウォーズ・オンライン」の編集長に収まった。それと同時に「毎朝新聞」時代の一年後輩の佐伯を呼んで副編集長とした。佐伯は全国紙で鍛えただけのことはある力量を持っていて、時どき本誌にも記事を書いた。

大原は、そのうち岳人が現場を離れ、社長は隼人、佐伯が隼人の右腕、自分は隼人の教育係になるのだろうとぼんやり思っていた。

それが、一年半前突然、岳人が脳梗塞《のうこうそく》を起こして入院することになった。間もなく言語能力は最低限のコミュニケーションはとれるほど回復したが、歩行はままならなかった。

大原は週に一度は病院を見舞い、岳人から色々な指示を受けた。

「ビジネスウォーズ」の創刊以来、岳人は毎号、「ガクト出陣」と題した編集後記を書いていたが、それは経済問題や政局の内幕をギリギリまで抉《えぐ》り、しばしば周囲の目からうろこが落ちるような論陣を張っていた。

大原は聞き取りにくくなった岳人の言葉を口述筆記し、その後、三号までの原稿を書いた。そこまではしっかりとした意識を持っていた。

四号目のときも言葉は口にできたが、もう「ガクト出陣」に堪《た》える文章にはならなかった。そんな岳人を眼前にして大原は体中の力が抜けるのを覚えた。自分が岳人の存在を支えにして記者稼業に全力投球できていたのだと改めて気付いた。

岳人が言葉を失うのと併行して、夫人は大原が病室に来ることを嫌がるようになった。

「もう身内以外の人と会うと、命をすり減らすほど疲れるの」

間もなく隼人はオンラインを外れて雑誌に移され編集長代理という肩書が与えられ、名目上は大原の上に立つこととなった。

その時点で岳人は古希《こき》手前の六十八歳、大原は四十九になったばかり、隼人は四十歳の二つ手前だったが、まだ中年というより青年の雰囲気を漂わせていた。あまりに突然だったので憮然《ぶぜん》としたが、大原はこの人事をやむなしと思った。嵐出版社は成り立ちも資金的にも五十嵐家のものであり、「ビジネスウォーズ」も彼らのものなのだ。

しかしその時点で隼人が編集の実権を握ったらきちんとした誌面は作れないし、経営的にも支え切れないことだけははっきりしていると思っていた。「ビジネスウォーズ」を法人購読契約などでバックアップしてくれている数十人の親しい創業社長などとのパイプはほとんど岳人が一手に握ってきた。

しかし近年その応援団も年を取って経営からリタイアするなど一人また一人と力を失ってきていた。それを補うために、会長に尻を叩《たた》かれながら、大原は雑誌そのものの実売部数を伸ばす誌面づくりをしてきた。

今日、夫人に会議室に呼ばれたとき、そのあたりの相談があるのかと思っていたのだが、正反対の方向への人事異動だった。

「これから私が好きなことをやるというのではなく、もう少し『ビジネスウォーズ』そのものを強くしていきたいと、それじゃなきゃ弊誌は生き残っていけません。……これは社長から私への宿題でもあります」

――それは思い上がった言いぐさね、大原君。オンラインなんてあんなに素晴らしくなったじゃないの。何とかビューっていうの、あれも急速に伸びて月間三百万だっていうじゃない。本誌と比べてごらんなさいよ。

「ほとんどの記事が無料なものと比べても意味ないでしょう」

そこから突然、夫人の声がヒステリックになった。

――大原君にそんな経営感覚があったの？　大原君にそれがあったら前社長もあんなことにならずに済んだんだわ。

「どういうことですか？」

――社長はそれだけ、あなたがまったく関心を持たなかった「ビジネスウォーズ」の資金面に心血を注いで、命をすり減らしていたのよ。だからあんなことに……。

「私のせいで社長が倒れたと？」

――そういっている人だっているのよ。

胸にこみ上げてきた怒りは、言葉となって喉《のど》から飛び出さなかったが、それならこんな会社、やめてやるという思いが体じゅうに充満した。編集委員などというわけのわからない肩書を付けられて、捨《す》て扶持《ぶち》なぞもらってなるものか。

いつの間にか目の前にマグロの刺身の皿が出ていた。一切れ口に放り込み、ぐい飲みの中身を半分ほど喉に流し込むと、今までと別の思いが脳裏を巡り始めた。

捨て扶持を受けずにおれは何をやって食っていくのか？

どこか「ビジネスウォーズ」のような経済雑誌に雇ってもらうか、それともフリーの記者として色んな雑誌に記事を売り込むか？

すぐに答が出てしまう。

経済雑誌に雇ってもらえるはずがない。この数年、どこの雑誌もじりじりと部数を落とし、スポンサーとの広告契約の料金も削られ、人を増やすどころか限界までの人員削減を試みてもついには廃刊に追い込まれた雑誌も少なくない。そんな編集部に新しい求人の可能性など皆無だろう。

それならばまったく別の世界に飛び込むか？　そう自問すると五十という年齢が真っ先に頭をふさぐ。

これまで取材したことのあるどんな企業もよほどの腕利きで、すぐに利益をもたらす人材でなければこんな年齢の人間を採用することはない。それならばどこか別の雑誌に潜りこむか？　いや雑誌はと、脳裏を巡るものはまたスタートラインに戻ってしまう。

社長夫人からの捨て扶持なぞ受けるものかと強がってみても、起死回生の次の一手が思い浮かばない。体中が何かに締め付けられ呼吸が苦しくなるような気がした。

それを振り払うように親父の前にまた徳利を差し出した。親父は太い指でつかんだそれを振り「まだ半分入っているよ」といった。

「いいから」という大原の声に重なって「……じゃないの」、店内に声が響いたようだが、大原はただカウンターの上のぐい飲みに穴が開くほどの視線を向けていた。

「オーさん」

正面の客がカウンターから立ち上がり、大原の方に上体を傾けているのが目に入った。

白いものが多い頭髪を首の後ろで小さく束ね、チェックのシャツを着ている。どこかで見た顔だ。

「いやだな、オーさん、おれのこと忘れちゃったのかね」

「ああ」と応じてから名前を思い出した。

「岸田《きしだ》さん」

岸田は新宿の盛り場のど真ん中にある碁会所の常連だ。岳人社長が元気な頃、大原がたまにそこに立ち寄ればいつものように岸田の姿があった。何度も勝負をしたことがあり、打ち終えた後、親しい碁敵《ごがたき》の何人かと誘い合って飲みに行ったこともある。やがてお互いの職業が知れたとき二人は驚きの声を上げた。岸田は廃刊となったばかりの「月刊官僚ワールド」の副編集長だったのだ。それ以来、囲碁を打つだけでなく、色々な情報や情報源を教え合う関係ともなった。

「オーさん。こんなに酔っ払うこともあるんだ」

「そんなに飲んじゃいないよ」

大原がいうとカウンターの中の親父が岸田にいった。

「これで四本目だよ」

「はあ？」

三本目から先の覚えがない。

「オーさん。この頃さぼっているじゃない」

「ちょっと野暮用が続いちゃって」

「水臭いな。岳人社長のことは聞いてるよ。ご愁傷《しゅうしょう》さま」

「どうも」としか言えなかった。

「愛《あい》ちゃんが寂しがっているよ」

「はいはい」とこれは冗談にすることができた。

「これから行かない？」

「まさか」

囲碁の誘いならいつでも歓迎というほど囲碁が好きだったが、岳人が倒れてからのこの一年半囲碁を断っていた。岳人の回復を祈る願掛けのつもりがあった。

そうでなくてもこれだけ飲んでいてはいい碁は打てまい。ためらっている大原に岸田がいった。

「おれね、六段になっちまったのよ」

「ウソだろう」

語調が強くなった。岸田と最後に打ったのは岳人が倒れる直前だった。その時は五段格同士として対戦をしたはずだ。岸田とはいつもハンディなしで打っていたが内心では自分のほうが強いと思っている。その岸田が六段になれるはずがない。

「やっぱり自分のほうが強いと思っているんだ」

「そんなこと、ないよ」内心を覗《のぞ》かれて口調が乱れた。

「ここんとこ、おれはサボっているし、岸田さんのような『天元《てんげん》』の主《ぬし》には付いていけないよ」

「天元」とは碁盤の中心点を示す囲碁の用語だが、その碁会所の店名になっていた。

「そんなことをいうなら、どっちが強いかはっきりさせようよ」

「いってないでしょう、またにしようよ」

「逃げるのかよ。こういう時に逃げる男だから万年五段なんだ」

冗談めかした挑発の言葉「逃げる」に過敏に反応して立ち上がっていた。

「逃げるもんか」

2

「天元」への階段を上るのに足がふらついて軽く岸田の肩に手をかけた。

「やっぱり、またにしようか」

岸田が大原に寄り添うようにいったが、もう大原が引けなくなっていた。

大原はこれまでの人生で囲碁に夢中になっていた時期が二度ある。

一回目は大学に入って二年目だったか、語学クラスが一緒だった男が囲碁サークルに入っていて彼に引っ張り込まれた。正式の部員にはならなかったがしばしば部室に立ち寄り、まだ「二、三級」という初心者に毛の生えた実力だった大原には信じられないほど強い部員たちに手荒くしごかれ、大学を卒業するときには二段になっていた。

二回目は「山上《やまがみ》証券」に就職して三年目くらいだったか、転居した家の最寄り駅の近くに新しくできた碁会所に、強くて人間的にも魅力的な席亭がいたので、土日に一度は立ち寄り彼の手ほどきを受けた。その席亭が体を壊して故郷に帰るまでの三、四年で四段へと急成長した。

そんなある日、週刊誌の「名物碁会所の名物常連たち」という企画で「天元」の存在を知った。新宿の盛り場のど真ん中にある碁会所で、アマチュアのトップクラスがしばしばやって来るばかりか、名の知れたプロ棋士も顔を出すという。夜を徹して打つ客も少なくないらしい。

残業帰りに寄ってみた。学生時代の部室で経験したそれをもっと濃くした異様な空気が漂っていた。堅気の囲碁好きが漂わせるものではなく、囲碁に憑《と》りつかれた人のそれだと感じた。その空気に魅《ひ》かれる自分に改めて気づいた。

「お客さん、初めてですよね」

入口脇のレジのところにいた女がいった。顔ばかりか襟元《えりもと》も手首も抜けるように白い肌と大きな黒目がハーフのようで、当時三十歳くらいだった大原より少し若く見えた。

「千二百円いただきます」その後に続く言葉が大原を刺激した。

「今日はあちらにアマチュア名人戦のT県最終予選にまで進出された方がいらしているのですが、追加料金二千円で指導碁を受けることができます。もし勝てば指導料は返金します」

大原は女が向けた視線の先を見た。痩身《そうしん》ながら刃物の鋭さを周囲に放射する男が窓際の席に座っていた。

「お願いします」

大原は頭を下げていた。指導碁と言いながら変則的な賭け碁《かご》である。金額は小さいがかすかに背中の辺りが熱くなるのを感じた。

大原は男の前に座った。五十前後なのだろう。男はコップ酒をひと口含んで喉を鳴らしてからいった。

「何段で打っているの？」

「四段くらいです」

「じゃあ、四子でいいか」

四ランクのハンディをくれるというのだ。大原はトップクラスのアマチュアと四段とでは六ランクの差があると知っていたが、不平は言わなかった。瘦身はこっちのほうがサバを読んでいると思っているのかもしれない。

すぐに周囲の客たちから視線が飛んできた。自分の席を離れ後ろに立つ奴もいた。四子か、強いんだな、という声が聞こえた。

大原がまず四つの黒石を盤上に置くと、頭を下げることもなく瘦身が白石を盤に叩きつけた。

瘦身は一手ごと脅《おど》すようなせっかちな打ち方をしたが、大原は時間をかけてゆっくり打つことを心がけた。

盤面の三分の二くらいまで打ったところでは、まだ四ランクの差がものをいっていると思っていた。勝つかもしれないと思ったところから急に崩れた。

戦場のあちらこちらに自分の石の不備があるのを瘦身は厳しく攻め立ててきた。それまで不備にまったく気付かず、確保したと思い込んでいた陣地は、攻撃に対抗する陣形を持っていなかった。二杯目の茶を持ってきた色白の女が「あらっ」と小さく言うのが耳に入った。

間もなく他の見物人はその席から離れて自分の席に戻っていったが、女は最後まで見ていた。

「負けました」と大原がいい、「強いじゃないの」痩身がいうと女が、「お客さん、四段じゃないわ。五段で打てる」といった。

痩身はいまの勝負の大事な場面での正しい打ち方を二、三ヵ所教えてくれたが、すぐにコップ酒と窓外の景色に戻っていった。

大原が空いている席に移ると先ほどまで二人の囲碁を見ていた客の一人が前に座っていった。きちんとスーツを着て臙脂《えんじ》のネクタイを付けていた。

「打ちませんか」

口調に穏やかな迫力があった。後ろから女が打ち解けた口調でいった。

「打ってごらんなさいよ。お客さん、ええと大原さんね、二子置くといいわ」

「あなた、いい碁、打ちますね。まだ若いんだからすぐに強くなる」

「ありがとうございます」

それが「ビジネスウォーズ」を創刊して五年ほど経った五十嵐岳人との初めての出会いだった。

「何よ。オーさん、顔も忘れるほど放っておいて」

岸田に先導されて「天元」のドアを開けるとレジの前に立っていた女が、いきなり怒りと媚《こ》びの混じった声を上げた。どちらも接客用だと大原はとうに思い知らされている。「天元」の看板席亭・愛野《あいの》だった。

一年以上のご無沙汰《ぶさた》にもかかわらず、相変わらず透き通るような色白に大きな目で、今では大原より十も若く見える。

「ごめん、ごめん」

酔いが一気に深まり、大原は空いている席に体を丸めて座りこんだ。岸田が周囲の顔なじみに愉快そうに説明した。

「オーさん、どういうわけか太平楽で飲んでいたんだ。大徳利を四本もやっつけて、へべれけのくせにおれが六段になったといったら、許せん、おれが鼻をへし折ってやるって」

「こんなんじゃ、打てないでしょう」

愛野が座り込んでいる大原を見ていった。

「自分は挑戦状を叩《たた》きつけられて逃げる男じゃないって、おれを追っかけてきたんだけど、今夜は、いいよ。逃げるんじゃなくて、おねんねしに家に帰るってことで貸しにしておくから。来週中には決戦をしよう」

大原は椅子に両手をついて上半身を起こした。

正面の壁に「歌舞伎町〈天元〉リーグ戦」の星取表が貼ってあるのが目に入った。二つのリーグのA級の方に大原の名前があった。愛野は長い不在の間、大原の居場所を確保してくれていたのだ。

「愛ちゃん、塩水をくれないか」

愛野は手早く大きなコップ一杯の塩水を寄越した。それを半分ほど喉に流し込むと吐気《はきけ》がつきあげてきて、大原は慌《あわ》ててトイレに駆け込んだ。

ほとんど食べていないから出てきたのは水分だけだった。水洗の水を流して手洗い水のところへ頭を突き出した。冷たさに一瞬、背筋が小さく痙攣《けいれん》した。ペーパータオルで手も頭も拭《ふ》いてから部屋に戻った。

「どうしたの」濡れた頭を見て問いかけた愛野がすぐに気付いたようだ。

「大丈夫なの、そんな無茶しちゃって」

昔の口調と距離感に戻っていた。大丈夫だよ、と愛野に答えてから岸田にいった。

「どこで打つ？」

「酔っていたから負けたなんていうなよ」

「六段なら、おれが先《せん》だね」

大原が一ランクのハンディをもらうということだ。互先《たがいせん》（ハンディなし）で打とうよ、という言葉を待っていたが、岸田はあっさりと受け止めた。

「ああ、そういうことになる」

「それなら大徳利をもう一本飲んでいたって負けないさ」

「好きなだけ言ってろ」

岸田が窓際の席に座り、両手を広げて大原を迎える仕草をした。

大原は向かい合って座り、ゆっくりと碁盤を見下ろした。この一年半、すっかり囲碁から遠ざかっていた。それなのに願掛けは実らず岳人は逝ってしまった、ふっとそう思った。

盤の上に置いてあった碁笥《ごけ》（碁石容《い》れ）を手にして盤の右脇に置き、ふたを取ってそれは碁笥の向こう側に置く。闘いを始める前の所作ともいえない所作が大原の心を静めてくれる。

「まだ、やってるんだ」

岸田に言われて目を開けた。闘いを始める前の一瞬、大原は目を閉じて心を空にする。それを岸田も愛野も面白がって〝大原の瞑想《めいそう》〟と呼んでいた。

大原が黒石を打ち降ろして闘いが始まった。

岸田はいつも早打ちだが、今夜はそれに輪をかけて早い。何か作戦なのだろうか？と危ぶんだが、大原も煽《あお》られていつもより早く打ち進める。打ち方が遅いと岸田より読みが遅い、つまり下手だと思われそうで気分が悪い。

早打ちのせいか自分の弱い石の一群の強化を疎《おろそ》かにし、その反対側に地所を拡大していたら、突然、岸田が弱い石群を咎《とが》める手を打ってきた。愕然《がくぜん》とした、死ぬかもしれない、これだけの石が死んだら大差の負けになる。

六段になったと胸を張る岸田を一気に粉砕してやると気負っていたのが悪い。茶を運んで客の間を歩き回っていた愛野が、二人の盤上を見て「あら」と声をもらした。「あら」を耳にしてこちらに目をやった常連の一人が「なるほど」といった。

二人の反応は大原の気負いに冷水を浴びせたが、今から厚い手を打とうとしても遅い。それでは勝機はあるまい。強気な手で窮地《きゅうち》を乗り切るしかない。大原は碁笥に入れかけた手を戻し腕を組んだ。

ここからでも勝てる方法はないか？

目をつぶり岸田に気が付かれないように腹の底に息を吸い込んだ。

「なんだ、今度は投了の前の瞑想か」

岸田が茶化すようにいったが、それが耳に入らないほど集中して起死回生の一手を探った。

やがてわずかな可能性が見えてきた。岸田が攻撃のために打った一手と岸田陣営の本体とを切り離し、こちらの弱い石は犠牲にするが、相手の本体を殲滅《せんめつ》するのだ。成功するかどうか読み切れないが、これしか逆転の手段が見当たらない。

もう一度、碁笥に手を入れ祈るように次の一手を打った。

殲滅されたのは大原だった。負けました、という代わりに盤上の石を乱暴に崩すと勢い余って幾つかの石が床にはじけ飛んだ。ああといいながら愛野がそれを拾った。

「もう一局やろう」用意していなかった言葉が口から飛び出した。「やっと酔いがさめたから今度は負けない」と負け惜しみが続いた。

「今日はもうやめたほうがいいよ。いつものオーさんじゃない」

「逃げるのかよ」

「来週にしようよ」

「逃げるのかよ」

再戦を求めている自分のほうが追いこまれているのに気付いたが、止められなかった。

「おれの挑戦を受けてくれないのかよ」

「岳《がく》さんがあんなことになってオーさんが荒れているのはよく分かる。おれたちだって岳さんのこと愛していたもんな」

途中から岸田が周りに語りかけた。

岳人は「ビジネスウォーズ」を創刊する前のサラリーマン編集者だったときから「天元」にはよく通ってきていたという。囲碁の好きな経営者は多く、彼らをこの名物碁会所に誘うと喜ばれると何度か聞いた。実際かなりの大物経営者と岳人と大原の三人でここに来たこともあるのだ。

「ああ、あんたら、いいコンビだった」

何局も手合わせしたことがある常連が答えた。大原はいたたまれない気分になった。

「分かった、それじゃ、リベンジは次回ということにしよう」

そういって立ち上がったとき、五十嵐夫人の捨て扶持を叩き返して「ビジネスウォーズ」を辞める自分が次回、新宿に来るのはいつになるだろうと思った。

「まだいいじゃないの」という愛野の声と「もう帰るのか」という岸田の声を振り切って大原は「天元」のドアを押し開けて階段を降りた。

狭い舗道《ほどう》に出て新宿駅に向かう人の流れに身を投じたとき、脳裏に家の光景が浮かんでいた。

多分テレビの前にいる妻の知子《ともこ》。そしてそれぞれの部屋に籠《こも》っている大学一年の美《み》咲《さき》と高校二年の拓也《たくや》。知子に今日、社長夫人から伝えられた話を聞かせ、自分の覚悟を伝えればどんな反応が返ってくるかが既視の光景のごとく目に浮かぶ。知子は怒ったり悲しんだりはしない。冷静に「あ、そうなの。それでこれからどうするの」というだけだろう。それに答える用意が自分にはまだない。その事にも怒りはしない。大原が五十嵐夫人を悪し様《あざま》にけなすのをただ眺めているだけだろう。どうしてこんな距離が出来てしまったのか。

そこまで思い浮かべて、当分知子に伝えることはするまいと心に決めた。

駅に続く道を離れて歌舞伎町の奥に向かう横丁に足を踏み入れていた。

角を曲がり十メートルほど歩いたところで後ろから声をかけられた。振り返ると愛野と岸田の姿があった。

「どこへいくのよ、オーさん」

愛野にいわれ辛《かろ》うじて平静を装った。

「どうしちゃったんだ、店はいいのか」

「さりながいるからいいのよ」

以前には「天元」にいなかった女が茶を運んでいたのを思い出した。

「あんなオーさんは初めて見たぞ」岸田がいった。

「放っておけないから駅まで送ってこいって皆にいわれて……、正解だった」

「どこへ行こうとおれの自由だろう。ガキじゃないんだから」

「いつもは凄《すご》い大人よ。でも今日はおかしい」


五分後、三人は酒場の片隅のテーブル席にいた。岸田が「太平楽」と呼んだ先ほどの店より少しはましな店だった。

「水臭いんだから、オーさん」

「そうだよ。岳さんの話は耳に入っていたんだから、もっと早くにもう少し詳しく聞きたかった」

大原が口を開かないうちにジョッキが三つ出てきた。

「岳さんに献杯するか」

「そうね」

二人がジョッキを突き上げると大原がぼそりといった。

「いま社長のことは思い出したくないんだ」

愛野と顔を見交わしてから岸田がいった。

「分かった。それじゃ来週のリベンジの時にしよう」

「リベンジはいつになるか、わからないよ」

「すぐにでもやりたいっていってたじゃないか」

ジョッキに唇《くちびる》だけ付けてから大原がいった。

「おれ、『ビジネスウォーズ』を辞めるんだ」

「廃刊になるのか」

「そうじゃない、おれだけ辞めるんだ」

「オーさんが辞めちゃったら、あそこはやっていけないだろう」

それから二人が交互にぶつけてきた遠慮のない質問に短い言葉で応じ、五十嵐岳人が脳梗塞で寝たきりになって以降、「ビジネスウォーズ」と自分に起きたことの大筋を話した。

その上で今から数時間前、五十嵐夫人に宣告されたことを口にすると、愛野は自分がいわれたかのように腹立たしげにいった。

「その女、頭がおかしいんじゃないの」こんなとき愛野から普段は使わない乱暴な言葉が飛び出てくる。

「あの坊やに『ビジネスウォーズ』がやっていけるわけがないじゃないの」

隼人が「嵐出版社」に就職して間もない頃一、二度、大原と岳人、隼人親子で「天元」に行ったことがある。隼人は愛野とも高齢者の多い常連客とも打ち解けようとはしなかった。バンドマンから親の懐に飛び込んだばかりの隼人は、まだ自分が他人の前でどんな顔をし振舞いをしたらいいのか戸惑っているようにも見えた。

「親ってのは子供を見る目が曇っているんだよ。とくに母親がいけない」

岸田が愛野に語りかけた。

遠い昔、結婚はしたがすぐに離婚し子供のいない愛野は岸田に答えず大原にいった。

「どうせ、助けてくれって泣きついてくるわよ。それまで手を出さずに待っていたらいいじゃない」

「おれは辞めるんだ」

「どうして？」

「お為《ため》ごかしの捨て扶持なんかもらえるもんか」

岸田がいった。

「年を考えろよ。いまどきそんなもったいないことする奴いないぞ」

愛野も訊《き》いた。

「辞めて、なにするの？」

「天元で賭碁師《かけごし》に雇ってもらうか」

「おれに大敗したオーさんが賭碁打ちか、身上《しんしょう》無くすぞ」

「いっちゃ悪いけど、岸田さんほど天元に入り浸っていれば、おれはもう八段にはなっているね」

「八段！」

岸田の高笑いをすり抜けるように愛野がいった。

「あれ、やればいいじゃない」

あれ？　愛野の大きな目を見返した。

「そうよ。オーさん、毎号、締切りに追われているから、見切り発車で原稿にした事件の、中途半端な証言や資料が取材ファイルに溢《あふ》れているって、いつもいってたじゃない。だからフラストレーションが溜《た》まっているってこぼしてたじゃない。バカ夫人が好きにやってくれていいっていうんだから、中途半端だった事件の取材を全部とことんやってみたらどうなの」

ゆっくりと愛野の言葉をかみ砕いていた頭は、思いがけないその言葉に引き込まれたが、口は違う言葉を発していた。

「本音は、好きにやってくれていい、じゃないんだ、そういう風にいえばおれが尻をまくって飛び出すって、敵は知っているんだ。それを望んでいるんだよ」

「そのオバサンがどう思っていたって、オーさんが好きなようにやればいいじゃない。もしかしたら凄い真犯人を見つけたりして、歴史が変わるかもしれない……」

「愛ちゃん」岸田が話の腰を折った。

「オーさんは小説を書く人じゃない、企業とか経営者の記事を書く人なんだ。真犯人はないだろう」

「それなら凄い真相を見つける、でもいいじゃない。ほらこの間の家具屋のバカ親子の喧嘩《けんか》だって色々調べていたじゃない？　あたしは、あの二人、店の宣伝でやらせで始めたら、どこかから本気になっちゃったっていう筋書きだってありと思っている」

「長生きするよ」

岸田がいったが、「これも一局よ」といって愛野は白い歯を見せた。

囲碁の世界では時どき「これも一局」という言葉を使う。

勝負の分岐点で幾つかの選択肢があるが、そのどれを選んでもそのあと互角の対戦になるだろう、という場面でそういう言い方をする。

（起死回生の一手を求めることはないんだ）

大原の脳裏にそのひと言が浮かんだ、「これも一局」の一手を見つければいいのだ。

2章　取材メモ

1

神田《かんだ》駅から歩いて五分ほどの雑居ビルの一室に、「嵐出版社」の編集課と営業課のフロアがある。二つの課のデスクは狭い通路を挟んでぎっしりと詰め込まれている。

今朝そのフロアに、幹部を含む十数人の社員が集められ大原もその一人となっていた。

突然の招集に社員たちは好奇心と不安の入り混じった表情を浮かべ、無言のまま互いを見交わしている。

招集した主、喪服を思わせる黒いスーツに身を固めた五十嵐夫人は、社員を一渡り見回してから厳かな口調で切り出した。

「先般、前社長の四十九日法要を無事に終えました。皆さんも前社長の逝去以来、色々とご苦労様でした。しかし今日かぎり当社はこの悲しみを乗り越え、心機一転、『ビジネスウォーズ』をますます発展させるように頑張《がんば》っていかなくてはなりません。それが前社長の遺志であり、皆さんに託された責務です。それに全社一丸となって取り組むことができるように、このたび新たな社長を始めとする新体制を決定しましたので、これから皆さんにご報告します」

いかにも重い覚悟を底に潜ませた口調は、大原には芝居がかって聞こえたが、皆、身じろぎもせずに耳を傾けていた。

夫人は手にしていた紙片を目の前で開いて文字を読み始めた。

「……会長、五十嵐和子《かずこ》。社長および『ビジネスウォーズ』編集長兼任、五十嵐隼人。編集一課担当副編集長、玉木仁……」

新しい人事案が読み上げられる度に、フロアに声にならないどよめきが生れた。社長に任命されたばかりの隼人も、最古参の副編集長の玉木も、第二課担当の副編集長に抜擢《ばってき》された佐伯も、自分の名前が読み上げられたときも驚くこともなく視線を床に落としていた。

最後に「編集委員、大原史郎」と読み上げられるとフロアにはどよめきと同じ迫力のある静けさが立ち込めた。

これまで「ビジネスウォーズ」には存在しなかった肩書だ。誰もがどう評価していいか判断しかねている表情だった。彼らを見渡した大原の視線が永瀬亮《ながせりょう》のそれと一瞬絡み、両方でそれとなく逸《そ》らした。岳人社長が倒れる前から大原が鍛えている若手の有望記者だ。


「さあ、社長」夫人は隼人に声をかけた。

「新社長としての抱負を社員たちに表明してください」

照れ臭そうな笑みを浮かべ、隼人が一歩前に進んだ。

隼人のファッションには独特の好みが現われていた。少し乱れた髪はほとんど黒に見える茶褐色に染められ、スーツもシャツも仕立てがよく襟《えり》や袖《そで》に微妙なラインがある。二十代後半まで打ちこんでいたバンドマンのセンスがまだ抜けないのだ。

隼人の手の中に小さな紙片があった。それに目を落としてから口を開いた。

「皆さん、いまわが『ビジネスウォーズ』は重大な転機を迎えております。私は〝日本企業のお目付け役になる〟という創業者五十嵐岳人の理念を引き継ぎ、『ビジネスウォーズ』をますます飛躍させるべく全身全霊を打ち込む所存でおりますが、この転機をいい方向へ踏み出していけるかどうかは、皆さんの双肩にかかっています。ぜひ皆さんのご協力をお願いします」

手の中の紙片を握りつぶし、息を整えてから続けた。

「皆さんご承知のように私は毎朝新聞記者を三年ほど経験した後、素人バンドを作って活動していました。そのときプレーヤーの間に絶妙なハーモニーがあってこそ、いい音を出せるのだということを実感いたしました。その時実感したものをこれから活かしていきたいと思っています」

用意されていなかったその言葉で大原はこれまで深く語り合うことのなかった隼人の別の面を知った気がした。夫人によく似た繊細な目鼻立ちをしているが夫人のいうがままというわけでもないのだろう。

そこまでいって隼人が頭を下げると拍手が起きた。夫人だった。慌《あわ》てて社員も拍手をした。玉木の拍手がひときわ大きかった。隼人の毎朝新聞での後輩だった佐伯でもそこまで露骨ではなかった。

また夫人が口を開いた。

「わたくしは立場上、会長という肩書を拝命することとなりましたが、今まで通り経理と総務の仕事を続けてまいります。いま新社長が話されたように、これからの『ビジネスウォーズ』の運命は皆さんの肩に乗っているのです。経理のわたくしを青褪《あおざ》めさせないように、新社長を支えて全力で頑張ってくれるよう期待しております」

（拝命？）その言葉が大原の皮肉な気分を引き出した。

（誰に命じられたんだ？）

2

見上げるばかりの資料棚群の引出しの一つを開けると、中には綴《と》じひも付きの茶封筒が溢《あふ》れんばかりに詰め込まれていた。

大原はそれらを両手で抱え整理用のテーブルの上に広げた。

どの封筒にも表面の右肩に手書きのタイトルが付いていて番号が振ってある。大原がサインペンで書いたものだ。

一番上には「ゴリえもん」の①があった。めくっていくと順番が不揃《ふぞろ》いになり、どういうわけか「マリンパス」の⑪が紛《まぎ》れ込んでいる。

次々と引出しを開けて茶封筒をテーブルに広げ、テーマごとに順番に重ねていく。引出しに入りきらなかった茶封筒は段ボール箱に入れて棚の上に積み上げてある。それも降ろしてテーブルの上に広げた。

「金融再生プログラム02年」「ゴリえもん06年」「上村昭世《うえむらしょうせい》06年4月」「マリンパス11年7月」「東京電力・福島第一原発11年3月」「フォルクスワーゲン15年9月」「シャーク」「小塚家具」「西松電機」

ここに入っている資料はかつては新聞や雑誌の切り抜きが多かったが、ネットでそれらを入手できるようになると、それをプリントアウトしたものに入れ替わった。それ以外にも大原が関連人物に直接、話を聞いた取材原稿が大量にある。

取材原稿は大原のパソコンの中に保存してあるが、大原は取り組んだ事件を分析するとき、すべてを一度プリントアウトしてこのテーブルの上に並べる。

幾つもの資料を何度も見較《みくら》べていると、やがて資料の間の矛盾に突き当たったり、見逃していた関連性に気付く。それを経てようやく事件の全体像が立体的に浮かび上がってくるのだ。

若い奴らはどうしてモニター画面をスクロールするだけで資料群が意味する全体構造を把握できるのだろうか？

新人事発令の会議が終わると大原は誰よりも早く編集課の部屋を飛び出し、一階上にあるこの部屋へと駆けあがってきた。

昨夜、愛野にいわれてから最終電車でわが家に戻りひと晩中、頭の中で転がしていた覚悟をこれらの資料を見ながら確めたかったのだ。

ここに締切りのために取材を途中で打ち切って原稿を書かざるを得なかった数々の事件が眠っている。見切り発車をする度に（時間を見つけてこの先の空白を埋めてやる）と思ったがそれが出来たためしはない。

昨夜、いくつもの事件を思い浮かべ、どこが見つからないピースだったかをくっきりと思い出していた。そのまま布団《ふとん》の中に横になってはいられない焦《あせ》りを覚えた。


二階のオフィスの三分の一の広さしかない三階のその部屋は、当初、社長室と会議室を構えるために借りていた。

大原が正式に入社して一年後、社長に「資料室が欲しいですね」と水を向け、さらにその半年後、会議室の奥をベニヤで仕切って資料室にしたのだ。

階段に近い方から社長室、会議室と並んでおり、会議室を通り抜けて資料室に入るという位置関係になっている。

スチール製の本棚には年鑑や新聞の縮刷版、私の履歴書の合冊《がっさつ》本、事件ごとの新聞や雑誌のスクラップブック、さらにこれまたスチール製の書類棚には茶封筒に分類した様々な資料が入れてある。

設置されてからの数年は社員が奪い合うようにこのスペースを利用して資料を溜《た》めこんだ。新しい事件に取り組むたびに関連資料を引っ張り出して参照していたが、十年ほど前から少しずつその役割をＰＣに取って代わられ、皆の足が遠のいていった。


大原は茶封筒の一つを手にして中身をテーブルの上にぶちまけた。「上村昭世①」だった。上村から送られてきた郵便のコピーが目に飛び込んできた。オリジナルは自宅の書斎の引出しに入っている。キャリア官僚を辞めて、投資ファンドを立ち上げた上村は一時《いっとき》メディアから時代の風雲児のような扱いを受けた。大原も半信半疑ながらしばらく熱心にアプローチした。

決してうまいとは言えない自筆の文章を目で拾っているうちに、彼と交流した日々がまざまざと思い出されてきた。大原が岳人に進言して実現した「世直し人」という欄に登場してもらおうと上村に夜討ち朝駆けをしたのだ。

ようやく会ってもらえた時、上村は「私は世直し人なんかじゃないからね」と余裕の笑いを見せた。「そうはいわせませんよ」と切り返して上村が自分のファンドを立ち上げたときあちこちで語っていた志を暗唱してみせた。

「分かった分かった」とすぐに止められたが、懐《ふところ》に食い込むだけのインパクトはあったようだ。その後もアプローチを続けた大原に自筆の断り状を送ってきたのだから。

誰かが会議室に入ってきた。咳払《せきばら》いをして、自分が居ることを知らせようと思ったが、その前に声が上がった。

「スムーズにいったわね」夫人の声だった。

「あなたの挨拶《あいさつ》も立派だったわ。社員たちもみんなしっかりうなずいていた」

相手は隼人なのだ。

「もうあなたの時代なのよ。玉木副編集長なんかすっかり時代遅れ。お父様はいつもそういってらして、あなたの成長を楽しみにしていたんだから、自信を持ちなさい」

自分が居ることを知らせるタイミングを失ってしまった。

「ぼくは四十になってからでもよかったんだけど」

隼人の声が聞こえた。つまりあと一年半は、修業をしたかったというのだ。

「ダメよ。創業者のお父様が亡くなって四十九日を過ぎたからあなたが引き継ぐっていうのが、周りに説得力があるんでしょう。一年も置いてごらんなさい。どんなことが起きるか分かりゃしない」

「玉木副編集長にそんな野心はないでしょう」

「玉木君じゃないわよ。油断できないのは大原君よ」

「大原さん？」

隼人が問うたとき、夫人の声が半オクターブ高くなった。

「誰？　資料室にいるのは誰？」

仕方なく、はあいといいながら大きな音を立ててドアを開けた。

「何していたの」

「ちょっと資料を探していまして」

「わたくし達の話を盗み聞きしていたの？」

「資料探しに集中していたから、来たことに気づかなかったんです」

「資料探しって、もう大原君は原稿は書かなくていいのよ。隼人社長と気心の知れた佐伯君が二課をやってくれるんだから」

「それは了解してます。私は編集委員として好きなことをやっていいと社命が下ったわけですから、そうさせてもらおうかと思いまして」

夫人の眉間《みけん》にしわが浮かんだ。

「何をしようっていうの？」

「昨日そういったじゃないですか」

「ダメだといっているんじゃありません。その中身を聞いているのです」

「いま、これまでの資料を見ながらそれを検討しているところです」

「おっしゃいなさい」

「決めたらいいます」

「いいご身分だこと。あなたのそういうところを嘆きながら亡くなった先代に感謝しなくてはね」

　首を切るわけにはいかないので、嫌がらせをして自分から出ていかせようとしているのだ。ここにいてやるべきことが決まったいまとなってはその手には乗らない。

「この資料室はもうあなたしか使う人がいないのだから、近いうちに閉じますよ」

「玉木副編集長のところでも使っていますし、佐伯君が引き継いでくれる二課でも、色んな資料を参照していますし、営業部でも使っていますよ。天下の『ビジネスウォーズ』の嵐出版社に資料室がないなんてありえないでしょう」

「玉木君は使っていないわよ」夫人は断定的にいった。

「編集委員になったあなた一人のためにこれだけのスペースを空けておくわけにはい

かないの。あなたには二階にもったいないくらいの立派なデスクがあるじゃない」

「資料室は必要で……」と隼人が言いかけたが夫人がじろりと睨《にら》むと、その先の言葉を呑《の》み込んでしまった。

「ここを閉じてしまったら、これだけの資料をどこに置くんですか？」

「あなたの家に持って帰ってください」

「これは私の私物ではなく、会社の資料ですよ。二課関係のものばかりでなく一課のものも営業部のものも混じっているんです」

「社長」夫人は大原の話を遮《さえぎ》るように隼人にいった。

「玉木副編集長と営業部長をいますぐここに呼んでください」

三分もたたないうちに息を切らせて玉木が姿を現わした。階段を駆け上がってきたのだろう。営業部長は外出先にいて一時間ほど戻れないという。

「会長、お呼びでございますか」

玉木が腰から体を前に折り夫人に頭を下げた。その仕草は雑誌の副編集長というより老舗《しにせ》料亭の女将《おかみ》に仕える番頭のようだ。

部下には粘っこい管理をして嫌われている玉木は、創業家の五十嵐一族には全力で忠勤を尽くしている。隼人がバンドマンから「嵐出版社」に入社した時は家庭教師のように手取り足取り教えようとし、岳人が倒れてからは夫人のご機嫌取りに徹している。

「玉木副編集長はこの資料室を使っていますか」

「はあ？」どう答えれば夫人に気に入ってもらえるかを探りながら答えた。

「まあ、最近はそれほどでもないのですが、依頼したライター先生に頼まれて集めた資料とか原稿とか校正ゲラとか」

「それはパソコンの中に入れておけばいいのでしょう」

「手書きの先生もいますし、赤字の入った校正ゲラなどはしばらく保存してありますので」

「いまどき手書きなんかいるの？」

「A先生とかM先生とか、社長の古くから馴染《なじ》みの先生なぞは手書きの方が多いです」

「玉木副編集長、今日からは社長といえば五十嵐隼人社長のことですよ。五十嵐岳人前社長のことは先代と呼んでくれますか。あなたが率先して社内にそういう正しい呼び方を定着させてください」

「はい」

「そういう原稿や校正刷りはいくらもないでしょう。これからそういうものは二階の一課のスペースに収めるようにしてくれますか」

「会長」隼人が割って入った。

「今すぐここを他の用途に使う予定があるわけではないのですから、少し日にちを下さい。その間にどうしたら一番いいのか研究しましょう。大原さん、玉木さん、それでいいですよね」

「ええ、もちろんです」

大原はそういい、玉木はどちらとも取れるよう曖昧《あいまい》にうなずいた。

何かいいかけた夫人もいったん口を閉ざしてから大原にではなく隼人にいった。

「社長、大原さんではなく編集委員と、玉木さんではなく副編集長といってください。新しい人事が少しでも早く皆に浸透するように社長自らがしっかりけじめをつけないといけませんよ」

はあ、とうなずきながら隼人は唇《くちびる》の端にわずかに舌先を出した。

3

大原は、少し遠出をして「嵐出版社」の社員が来るはずのない「フランス亭」を選んだ。

昼休みを潰《つぶ》して資料を調べていたからすでに一時をかなり回っていた。客は半分ほどしかいなかった。奥のテーブルに座って店員にAランチを頼んだところに、見覚えのある男が暖簾《のれん》をかき分けて入ってきた。

男は入口脇の席に座ろうとした拍子に大原に気付いたように、「きみもここへ来るんですか。同席いいですか」といって前の席に座った。玉木だった。

玉木は出されたコップの水を飲んでからいった。

「会長は厳しい顔をしていましたね」

はあ？　と玉木を見るとふっと視線を逸らせた。

これまで玉木と何度も向かい合って話すことがあったが、玉木は大原の視線を正面から受け止めることはない。それは臆病《おくびょう》そうにも肚《はら》に別の考えを隠しているようにも見えた。そしてこの十年、いつの間にか大原とは丁寧語《ていねいご》でしゃべるようになっている。

「こういうときはすっかり昔のミヤタさんにいや会長に戻ってしまう」

玉木は夫人の旧姓を口にし、慌てて言い直した。

三十年近く前、五十嵐岳人は中堅出版社「万来舎《ばんらいしゃ》」の看板雑誌「万来経営」副編集

長だった。圧倒的な取材で力のこもった記事を書き、多くの人脈を築いて、次期編集長は間違いないといわれていたという。

ところが編集長への人事が打診されたとき、雑誌担当専務に雑誌の中身ではなく売上げ本位の編集方針を心がけるように要求され、半年ほど揉《も》めたが、とうとう「それでは編集長は受けられません」と「万来舎」を飛び出してしまった。

怒りに任せて飛び出したのだが、応援してくれていた大手流通業界の創業経営者・中森勇雄《なかもりいさお》に強く勧められ、半年後、彼のバックアップで「嵐出版社」を起した。

そのときすでに「万来舎」で社内結婚をしていたが、子供が生まれて以来、主婦専業となっていた妻・和子と子飼いの玉木を創業仲間に引き込んだ。

玉木は岳人の七年後輩で、あまりに岳人に心服して金魚の糞のようにくっつき回っていたためか、岳人が飛び出してからは使ってくれる先輩も幹部もいず、岳人の誘いに渡りに船で応じた。「万来舎」にいた当時、和子とも少し年の離れた同僚だったのだ。

「万来舎時代の夫人ってどんな人だったんですか？」

玉木の言葉に興味をそそられて訊《たず》ねた。

「きりっとした先輩でしたよ。経費の精算でも、使途の曖昧なものは、相手が幹部でもすぐにうんとはいわなかった」

「なるほど、玉木さんも悲鳴を上げたわけだ」

玉木が、「いえ私は」といいかけたのを遮るようにいった。

「夫人はぼくを辞めさせたいんですかね」

「何をいっているんですか。編集委員って新聞社だったらとてもいい立場じゃないですか」

「あなたは好きなことをやっていていいといわれたんですよ。普通は何も期待していないからなるべく早く辞めてくれってことじゃないですか」

「いや、会長は隼人君、あ、新社長、新社長の教育係をあなたにやって欲しいと思っているんでしょう」

「隼人君には岳人社長のDNAが伝わっているのだから、立派に経営者になれる。大原君のような時代遅れの一匹狼は近づくなと夫人からいわれたんですよ」

「そんなことひと言もいっていなかったでしょう」

「今朝の会議のことじゃないです。昨日、夫人に呼び出されてそういわれました」

本当ですかあ、と玉木の鼻がうごめいた。こぼれる笑みを隠し切れないでいる。

「好きなことをやるって、この世知辛《せちがら》い時代に最高じゃないですか。サラリーマンなら誰もがうらやましがる」

「玉木さんだったら嬉《うれ》しいですか？」

「もちろんですよ」

ふざけるなという悪罵《あくば》は内心だけにとどめた。

以前、岳人に連れられ応援してくれる経営者を接待した後、二人だけになった席でこういわれたことがある。

「玉木は人間的には悪い奴ではないが、編集者としてもビジネスマンとしてもいま一つでな。六十になったらあいつを嘱託《しょくたく》にして、一課に誰か呼んでくるかな」

玉木が担当している編集一課は情報を主とした外部の匿名《とくめい》記者の連載記事とテーマだけを決めて外部記者に依頼する署名記事を担当していた。自分たちは原稿を書かないのだ。

名目は岳人がトップになっているが、実質大原が仕切っている二課は大原をはじめとする三人の社内記者と外部の協力者とで書く特集原稿とに分かれている。

玉木の評価は低かったが自分への評価は大原が恐縮してしまうほど高かった。世の中の見え方の根本が似ていたのだろう。

大原の書いた原稿を読んで少し赤字を入れながら「これは見事に敵の急所を突いた

な、あのタヌキも記者会見をせざるを得んだろう」などと嬉しそうにいうことがあった。

そういう場面を何度も目にして玉木も面白くはなかったろう。その恨みを今一気に晴らそうとしているに違いない。


二人のランチが同時に来たとき、玉木の分も箸《はし》を取ってあげながら大原がいった。

「私は、それほど嬉しくはないのですが、せっかくそういわれたので、何か好きなことをやってみようかとも考えています」

「ええ、そうなの？　大原君が尻をまくって飛び出すかもしれないって、私は心配していたんだ」

今までいっていたのと違う話の流れになっていることに玉木は気付いていない。玉木は自分が飛び出していくことを期待していたのだ。それを確認したくて、一時間遅れで昼飯を食べに出た大原の跡を付いてきたのかもしれない。

黙ってランチに箸を伸ばしている大原に玉木が問うてきた。

「それで、何か好きなことって何なんですか？」

「まだはっきり決まっていませんが、私の編集者人生の集大成になるような何かを

「……」

「本でも書くんですか？　そりゃ怖いな。社内のことを外部に漏《も》らすと、服務規程違反になりますよ」

「嵐出版社に服務規程なんてありましたっけ」

「明文化されたものはないけど、どこの会社だって暗黙の倫理規程として、従業員として知りえた秘密を外部に漏らさないこと、っていうのが共有されているでしょう」

「分かりました。玉木さんが、左遷されたばかりの大原史郎がどんな心境にあるのか興味津々《しんしん》で、昼飯に出た跡を付けてきて、偶然を装って前の席に座り、根掘り葉掘り取材をしました、ということは外部には漏らさないようにします」

「何を馬鹿なことを」

「玉木さん、この店、初めてでしょう？」

「………………」

「メニューの選び方で分かりますよ。そんなに悄然《しょうぜん》としたぼくが見たかったですか」

「いや、そりゃ、これまで聞いたこともない編集委員というのだから、やっぱりびっくりするでしょう」

「サラリーマンなら誰でもうらやましがるっていいませんでした」

玉木は口に放り込んだ唐揚げをゆっくりと嚙《か》みしめてからいった。

「分かりましたよ。たしかによく分からない異動を発令された大原君が心配だったんですよ。というか明日はわが身ということもあるので、どうしてこうなったのか、あなたに何か思い当たることでもあるか訊きたいと思って、あなたの後を追いかけてきたらここまで来ることになった」

「思い当たることって、昨日、夫人に色々いわれましたが真意はよく分かりませんでした。つまるところぼくを外して、隼人君中心の『ビジネスウォーズ』を作りたいっていうことのようでした」

「あなたはそれに不満でも言ったんですか」

「まさか。そんなことは隼人君がうちにやって来た十年前から想定内でしたよ。社長も夫人もそのつもりでいることはよく分かっていました。それがスムーズにいくように隼人君を鍛えてきたつもりでした」

「私にもそう見えていましたが、社長や会長にはそう見えなかったんですかね」

「社長も、いや前社長か、前社長も私に不満があったようで夫人に愚痴《ぐち》っていたそうです」

玉木は味噌《みそ》汁椀《しるわん》に口をつけ、大原の次の言葉が出るまでの時間を稼いでいる。

「私が金を作らないとか、乱暴な記事を書いて社長を困らせていたとか」

「資金繰りは創業以来、前社長の一手販売でしたからね」

嵐出版社の経営は創刊当初から応援してくれている中森社長を始めとする数十人の経営者の企業の広告料と、書店の店頭や定期購読者の売上げで成り立っていた。

それらの企業経営者の中には学生時代に岳人と一緒に全共闘シンパとして共闘していた者もいて、協力関係は安定していた。

たまに大原を引き連れて酒席を共にしたり「天元」に行くこともあったが、金のやり取りの部分に関わらせてくれることはなかった。それは当然だと思っていた。

大原の友人が経営する企業でスポンサーになってくれたところも少数だがある。大原が新卒で入社した山上証券が潰れた後、社員たちは様々な転身の道を辿《たど》り、多くはつらい目にあったが、立派な花を咲かせた者がいた。その中でかなり親しかった人に連絡を取り、その何人かにスポンサーになってもらうことができた。社内で口をきいたことのなかった相手にもしばらく「ビジネスウォーズ」を送り続け、半年ほど経って連絡を取ると多くが喜んで会ってくれ、そのうち二人がスポンサーになった。

大原とて彼らとの関係を隼人にも玉木にも譲る気にはなれなかった。金主は自分の生活の源なのだ。

「きみは、金主じゃなくていい情報源を持っていたんですよね」

玉木が他のテーブルの客を警戒したように小声でいった。

「あれはどうするんですか？」

「どうする？」

「きみが編集委員として好きなことに打ち込むなら、その情報源を編集部に引き継いでくれるとありがたいんですけどね」

「編集部って？」

「佐伯君じゃ頼りないから、私でも、隼人社長でも……、そのときはその都度きちんと一席、設けさせてもらいますよ」

「ぼくがやりたい好きなことってのは、やっぱりそういう人たちとの協力関係が要《い》るから、引き継ぐってわけにはいきませんよ」

「もちろんきみのやりたいことはやってもらっていいわけですよ。それと編集部の仕事がぶつかるなんてことにならないでしょう」

「さあ？」

「新聞記者とか情報ブローカーみたいな関係者ならこっちとダブっている人もいると

思うけど、大原君は、政、財、官の然《しか》るべき人をたくさん抱え込んでいるらしいじゃない。そういうの紹介してくれると『ビジネスウォーズ』としてはありがたいんですよね」

「先代や玉木さんが人脈を持っていらっしゃるのと同じですよ。特別なことをやっているわけじゃありません」

「あの大賀由明《おおがよしあき》とまで仲良くしているんでしょう」

経済産業省のキャリア官僚で、強烈な政権批判の本を何冊も出版し世間を騒がせた男だ。一度「世直し人」に登場してもらったことがある。

「あのとき玉木さんも同席して、名刺交換をしたじゃないですか」

「私は、あなたみたいに図々しく懐に飛び込めないんだよな」

「私だって同じですよ。むしろ内気なくらいだ。一人でＰＣの前にいるのが一番性に合っているんですけど、『ビジネスウォーズ』のために無理して色んな人とコンタクトを取っているだけです」

「その無理の仕方を教えて欲しいな」

「中森さんや創業イレブンとは社長と一緒に何度もお会いしているんでしょう」

創業時から応援してくれている経営者ら十名ほどを〝創業イレブン〟と呼ぶことが

あった。

「社長、いや先代は大きな人だったからな。私も先代と一緒だと中森さんやイレブンともフランクに喋《しゃべ》れるんですけれど、先代は記事のほうじゃなく資金作りに回っちゃったからね」

「玉木さんはそちらのほうで先代の後継者になったらいいじゃないですか」

玉木は、大原が本気でいったわけじゃないことにすぐに気が付いたようだ。

「いやだな、大原君、おれをからかわないでよ」

「玉木さん、奥さんに頼まれたんでしょう。私がやろうとしている好きなことってどんなことか、私がいつになったら嵐出版社を辞めるか探ってくるようにいわれたのでしょう」

「まさか、会長はそこまで人が悪くないよ。それにおれだって、はいそうですかっていう通りにするわけないだろう」

「隼人君は、奥さんと同じことを考えているわけじゃないですよね」

「どういうこと？」

「私が、私の情報源をみんな『ビジネスウォーズ』に残して早く嵐出版社を退社することを望んでいるってことですが」

「いやだな、さっきの社長を見たでしょう。社長は大原さんの味方をして会長をたしなめていたじゃないの」

たしかに隼人は夫人と一心同体のようには思えなかった。かといって岳人が喋れなくなって以降、隼人と心が通い合うと感じられたことは一度もなかった。

3章　情報源

1

「あら、いい子になったわね」

　ドアを肩で押し開けるように「天元」に入ると、お茶を載せた盆を持って客たちの間を横切っていた愛野が声をかけてきた。

「いい子？　おれが？」

「一年以上も来なかった人が、あれからたった一週間の、こんな早い時間に来るんですもの、いい子よ」

　この一週間、大原は出社するとすぐに資料室に入り浸って、片端から資料を読みなおしてきた。署名記事をコンスタントに書くようになってからの十七年間に溜《た》まった資料は、開けばたちまちそれだけの時間旅行をさせてくれる。

経済記者のなんたるかを全く分かっていなかった駆け出しから、時に業界や取材先で畏怖《いふ》の目を向けられる腕利きにまで、自分でも驚くほどの成長を遂げていた。そして愛野にそそのかされて生じた覚悟はますます固まった。

「愛野と岸田さんにお世話になったからね」

「岸田さんはもっと遅い時間じゃなきゃ顔を見せないわ。お礼をいいに来たの、打ちに来たの？」

「まあ、両方だな」

愛野は体をひねり、客たちが碁盤を挟んで向き合っている席を見渡してからいった。

「岸田さんが来るまでわたしと打つ？」

席は半分ほど埋まっていたが、大原の顔見知りの常連ももう少し遅くならなければ顔を見せない。相手待ちの客には大原とちょうどいい棋力の者がいないようだ。

「愛野に相手をしてもらったら客は皆、席料を払わずに打つことになるぞ」

「さりながしっかり関所にいるからいいのよ」

受付の内側にいた三十前後の女が、冗談めかした仕草で両手を大原に向けひらひらと振った。その手に席料を握らせて大原がいった。

「おれは三子も置きたくないよ」

愛野は大原より三ランクは強い。昔、女子アマチュア名人戦の地方予選で一回戦を勝ち抜いたという囲碁雑誌の記事を見せられたことがある。

「それなら互先《たがいせん》でもいいわよ」

「分かった。三子でやろう」

若い頃、自宅近くの碁会所で女性と初めて打つことになったとき、絶対に負けたくないと思った。女に負けるなんて情けないという気持ちが心の底にあった。その後、女性と打つ機会も多くなり、たちまち強い方が勝つという当たり前のことに慣れた。

「今日はいつものオーさんに戻っているわね」

片隅の席で向き合うと愛野がそういって最初の一手を打った。応じる手を打ちながら大原が答えた。

「あのときは会社から突然、予想にない手を打たれて動揺したんだろう」

「坊やが後継ぎって、とうの昔から予想していたじゃない」

ほとんどそう打つに決まっている数手を打ち進めながら大原が答えた。

「坊やが後継ぎになったことに動揺したわけじゃない」

「じゃあ、何なのよ」

愛野がいったとき夫人の言葉が耳元に蘇《よみがえ》った。

——大原君にそれがあったら前社長もあんなことにならずに済んだんだわ。その台詞《せりふ》はあの盤の上で絡み合う自分の黒石と愛野の白石の境が見えなくなった。その台詞はあの日も二人に打ち明けてはいない。

——あなたのせいだといっている人だっているのよ。

バカな、おれと社長は〝日本企業のお目付け役〟になろうと固く誓い合った同志だったんだ。

「吹けば飛ぶような雑誌だが、腑抜《ふぬ》けの経営者をいつも厳しく追及していればその一助にはなれる」

それが社長の得意の台詞だった。「万来経営」の編集長に手がかかっていたのに、雑誌担当専務の金儲《かねもう》け主義に嫌気がさしてそこを飛び出した。すぐにそんなきれいごとだけじゃ雑誌を出し続けることなどできないと気付いたらしいが、半分は本音だったはずだ。

その社長が、おれが金を引っ張ってこないから心労で脳梗塞になっただと！

「オーさん、どうしたの」

一向に次の手を打たない大原に愛野がいぶかしげな声をかけた。

「難しい手を打ってくるからな」

「そこは受けるしかないでしょう」

やっと盤面の情勢が頭に入ってきて大原は応手《おうしゅ》を打った。愛野はときどき席を外して席亭としての仕事をしながら、戻って来ては鋭い手を打つ。その度に探るような短い質問をした。

「もう最初に取りかかる事件にロックオンしたの？」

うむ？　愛野の言葉がすぐに耳に入らなかった。

「そんなに早く見つけられるわけがないだろう」

「やっているのね。それならよかった」


まだ四分の一しか局面は進んでいないのに右端の小さな黒石の一群がほぼ死んでしまっている。その代償《だいしょう》はごくわずかしか得ていない。三ランクのハンディ分はもうほとんど残っていないだろう。

愛野はどんな相手にも手心を加えることはしない。相手は客なのだからたまには勝たせて喜ばせようと意識することはないのだ。

「三子じゃ、無理だったか」

「一年以上打ってないんでしょう。それなら無理よ。わたしは今でも毎日まだまだ強くなっているんだから」

「勘弁してくれよ」

大原の泣き言に応えるようにジャケットの内ポケットで着信音が鳴った。

「こんなとき携帯なんかに出ないのよ」と愛野がいったが、「救いの神だ」と大原はスマホを取り出しながら席を離れた。

「はい」

――もう知っていると思うけど。

名乗らずに切り出した声で分かった。東都《とうと》新聞の社会部記者・田中雄介《たなかゆうすけ》。腕は立つが、会社からデスクになることを求められているのに、それを断って現場に出続けているので社内では浮いている。大原の有力な情報網の一人だ。

「きっと知らないよ」

――北畠《きたばたけ》さん、入院しましたよ。

どきりとした。

北畠大樹《たいき》。十数年前、指折りの総合電機メーカー「京桜《けいおう》電機」の有力な社長候補になってからずっと「大原定期便」と銘打った個人情報紙を送り続けている相手だ。北畠以外にも、大原が「これは」と目を付けた経営者やジャーナリスト、学者など三百人近くに送り続けている。

中森勇雄の縁で一度だけ誌面に登場してもらったとき、北畠の頭の回転の速さとあたりを払う強烈なオーラと深い哲学の教養に大原は圧倒された。

岳人の評価も高く、これから日本経済の中心に立ち続け、長い停滞からの回復を率いるに違いないと思っていた。

送り続けて三年ほど経ったとき一度（情報提供、拝見しております。多謝！）という短い返信をもらったが、それだけで舞い上がるほど喜んだ。

二年前、北畠が「京桜電機の粉飾決算事件」の戦犯としてメディアに毎日のように登場し始めても信じられなかった。溢《あふ》れるばかりの情報を片端から集めて整理し分析して、全体の構図を色んな角度から把握した。

それをやり終えたとき心底落胆した。そこには大原にはとても納得のできない経営スタイルの数々が浮き彫りになった。たしかに「戦犯」なのだ、自分が見込み違いをしていたのだ、「ビジネスウォーズ」の記者失格だと人物評価眼の甘さに自己嫌悪に陥《おちい》った。

　岳人にも自分の分析を見せた。岳人はひと言だけいった。

「マスメディアがあてにならんのはお前だって知っているだろう」

「ご本人から何か聞かれたのですか」

「今の彼には誰も会えん」

「それならなぜ」

「マスメディアがあてにならんのは十年一日の如しだからな」

　それは大原も痛感している。しかし北畠に関する記事はどれも似たような断面を見せている。落胆するには十分だった。

　それでも定期便はやめなかった。袋叩《ふくろだた》きにする記事の向こうからまだ色褪《いろあ》せ切らないオーラを北畠は放っていた。やめないとすると、日々新しく湧《わ》いてくる大量の情報は提供しきれないので、それらを編集して自分の分析も加えることにした。これを目にしたら傷つくか激怒するだろうというものも省かなかった。そうしなかったら「大原定期便」ではなくなってしまうのだ。

　半年ほど送り続けても何の反応もなかったが、「京桜電機」会長を引責辞任することを発表したひと月後、返信があった。

――……第三者委員会とやらの報告が伝えるあまりの歪曲《わいきょく》に、また木を見て森を見ない態度に、小生は体が震えるほど怒っております。貴兄らメディアもただその尻馬に乗って騒いでいるだけで、小生には抗弁の場さえ与えてもらえません。天知る地知る我知る人知るですが、人が知るまできっと小生は生きていないでしょう……――。

調査報告の何が歪曲なのか？　幾つか論点が思い浮かんだが、大原もおおむねこれまでの報道を信じていた。自分もただ第三者委員会の報告に追従《ついじゅう》しているメディアの一人なのだろうか？

――抗弁の場を差し上げます。弊誌で物足りないとお思いなら、どこでもご納得のいく紙誌を全力でご紹介いたしますので、お目通り叶《かな》いませんでしょうか――

こういう趣旨の丁重な手紙を送ったが、その後は何の反応もなかった。

膨大な「京桜事件」の報道が伝える中で大原がとくに知りたいテーマは二つだった。

一つは、この事件は「証券取引等監視委員会」へのタレこみから世間を騒然とさせる事件になったわけだが、一体誰がタレこんだのか？　それを知ることによって経営陣の権力争いの構図がクリアになる。それがクリアになれば事件の本丸が単なる粉飾決算ではないということが明らかになるように思えた。

もう一つは、前のテーマの延長上にあるのだが、「京桜電機」がなぜ原発にのめり込み、周囲の誰もが無謀と思える高値で「ニュークリアパワー社」を買収したのかということである。

北畠が名誉欲に駆られて、低迷していた経営を一気に立て直そうと、副社長で原子力畑の暴れん坊だった鈴木《すずき》邦夫《くにお》を社長に取り立て強引に突っ走ったという説から、経済産業省にそそのかされ型に嵌《は》められ二進《にっち》も三進《さっち》もいかなくなったという説まで幾つもの理由をメディアは取り沙汰していた。

推論としてはどれもありそうだがはっきりした証拠を見つけたかった。それを証言できるのは北畠だけだろうが、もうそれは得られることはあるまいと諦《あきら》めていた。墓にまで持って行くことになるのだろう。しかし入院したとなると事情が違ってくる。

大原は携帯を耳に押し当てたまま、入口脇の「幽玄《ゆうげん》の間」に入った。部屋の名は囲碁の総本山・日本棋院で最も格式の高い対局場の名前をちゃっかりパクった。ここなら誰にも聞かれずに済む。

何年か前、「天元」はここに十畳ほどの個室をしつらえて二面の碁盤を置き、ひっそり打ちたい客には席料プラス千円で使わせた。岳人が経済人と来たときはよく使ったものだ。

「何で、入院したんですか？」

部屋に入り、ドアをしっかり閉めたのに小声になった。

――腸閉塞《ちょうへいそく》だという未確認情報を得ています。

「そうとう悪いんですか？」

――大したことはない、って周囲はいっているようですけど、医者も関係者も病状を正直にいうわけもないですからね。

「どこの病院？」

――品川《しながわ》の京桜病院らしいです。京桜電機が外部との接触を恐れて、自分たちの陣営に囲い込んだということですよ。

「マスコミ、殺到ですか？」

――そんなことはないですよ。北畠さんはもう過去の人になりかかっていますからね。

「あなたのところは取材をかけているんですか？」

――うちももう関心ありません。私はいちおう旧知のルートを辿っていますが、京桜電機の広報も、すでに退社した人だからと「われ関せず」を貫いていますし、病院は「個人情報に関わることは一切お話しできません」だし、自宅には人の気配さえありません。まだメディアの攻撃を警戒しているのではないでしょうか。

「表門ルートを突破するのは無理に決まっているでしょうが、どこか裏門は開かないですかね？」

数秒の沈黙があってからいった。

——当たってみましょうか？

「ありがたいですね」

——少し経費がかかるかもしれませんよ。

もちろんいいですよ、といいかけて言葉を呑《の》んだ。以前はこんなとき岳人社長が二つ返事で「行く以外にないだろう」と胸を叩《たた》いてすぐに経費が出た。しかしいまの夫人や隼人が了解するとは思えない。

大原が答える前に「考えておいてくださいよ」と電話が切れた。大原のためらいをそれほど経費が出ないという回答と取ったのだろう。

何をするにも金が要るんだ。

深く考えないようにしていたこれからの金のことが脳裏にくっきり浮かび上がってきた。

会社からの取材経費はもう出ない。全部自腹を切ったら家計に入れる金が三分の一になってしまう。知子も「ああそうですか」と冷静に答えるだけでは済まないだろう。しかし、何とか金の都合をつけて北畠とコンタクトを取ろうという思いが、すでに体のどこか深くに根を張っていた。田中の電話はこれからのおれの行く道を示す啓示なのだ。


打ちかけの盤の前に戻ると、他の席で客と話していた愛野がやってきた。

「どうしたの？」

田中と交わした話の中身を見透かされたような気になった。

「大石が死んじゃったような顔をしているもの」

「ああ」表情を和らげた。

「死んじゃったな」

盤を見下ろしていった。

「まだ生きる手はあるわよ」

「いや、どっちにしろ負けだ。これ、投げるわ」

大原は盤面を半ばまで埋めていた石を崩し、碁笥《ごけ》に容《い》れながらいった。

「ちょっと、おれ、引き上げるよ。岸田さんに、近いうちまた寄るからっていっておいて」

「どうしたの？」

愛野の問いを無視して大原は「天元」を飛び出した。

タクシーを拾えるところまで出て「空車」の表示に手を上げかけたが慌てて引っ込めた。これからは自分が苦労すれば金をかけずに済むところはできるだけ節約し、他人に動いてもらうところに金を回さなくてはならない。今夜も最終電車には間に合う時間までに引き上げよう。


中央線に乗り込んだ。都心に向かう電車は空いている席もあったがつり革の人となった。

窓ガラスに映る自分の顔を見ると、不意に知子の顔が浮かんできた。

知子は「山上証券」の賞与の袋がタテに立った時代から地道に貯金をしていたようだが、その金額を聞いたことはない。知子の地道さが正解だった。大原は山上証券が潰《つぶ》れるとは夢にも思っていなかった。皆がぽろぽろと辞め始めても信頼していた人が残っていたから自分も残ったが、それが終戦処理となった。

知子と結婚したのは二十七だった。

結婚する気はなかったが、阪神淡路大震災、オウムサリン事件とてつもない事件が連続して起こり、足元が地割れして、そこにとてつもない巨大な空洞が生じ、人生が丸ごと飲み込まれるような恐怖を覚え、付き合って半年の知子と結婚することになった。

ちょうど一年後に長女が生まれ、知子は山上証券を辞めた。

山上証券が潰れて無職となってからは一日中テレビの前に座って、金融恐慌に襲われて沈没する日本というような番組にうつろな視線を投げ続けていた。

VTRの中で何度か社屋周辺で見かけたことのある経営陣や、オフィスが隣り合っていた同僚の姿を目にすることもあった。

皆、遠慮なく向けられるカメラに犯罪者のように顔をそむけ足早に通り過ぎていった。

そんな時にもヘッドハンターを通して幾つかの企業から「わが社に来てくれませんか」という声がかかった。

先に辞めて就職していた何人かの先輩や同僚からも「うちへ来ないか」と言われた

が、その気になれなかった。失業保険の手続きをするのがやっとで、それ以外に生活を立て直す気力が残っていなかった。

やがて昼まで寝ていてそれから外出し、足の向くまま徘徊《はいかい》するようになった。三ヵ月ほどはただ見守っていた知子も「うちの父があなたに合う仕事があるっていってるのよ」などといいだした。

大原はそれに生返事をしたまま徘徊を続けていた。

静かな所を歩くとどうしても意識が自分の内部に向かってしまう。そんな気になれず人の多いところを求めた。

パチンコ屋は気が紛《まぎ》れたが、下手をするとあっという間に万札が消えてなくなる。そこで久しぶりに「天元」に立ち寄った。その時五十嵐岳人に再会し、何度か打つ機会があって、山上証券のことを話すことになり「それならうちへ来ないか。山上証券時代の経験が役に立つかもしれないよ」と誘われたのだった。

大原は脇目も振らずに帰宅路を突進してくる勤め人の群れをかき分けて会社へと向かった。「嵐出版社」が借りているビルまで五分しかかからない。

ビルが目に入り足が速くなった。すぐにやりたいことが脳裏に膨《ふく》れ上がっている。

「京桜事件」の資料袋は資料棚五段くらいを占めている。あの中に北畠大樹とつながる細い糸があったはずだ。今夜中にチェックし切れない分は家に持って帰るか？　いや家で仕事をすれば自分が置かれた立場が知子に分かってしまう。やっぱりあの資料室に置いておくしかない。

一階に蕎麦屋《そばや》が入っているビルの角を曲がるところで危うく自分目がけて突進してくる人とぶつかるところだった。

アッと、先方がいった。大原も「隼人君」といいかけて言葉を呑んだ。この一週間、夫人が全社員に隼人を「社長」と呼ぶよう繰り返し求めてきて、大原もそれに慣れてきたところだ。

「大原さん、どうされたんですか？」

隼人はひと回り先輩にずっと敬語を使ってきた癖がまだ抜けていない。

「ちょっと確認したい資料を思い出したんで……」

「もう会社、閉めてきましたよ」

大原はスマホを確認した。「21:15」

二階と三階の「嵐出版社」の部屋のカギは社長と会長と営業部長と二人の副編集長が持っている。彼らが帰る後まで仕事をしたい者は、直接の上司に頼んでひと晩鍵を貸してもらうこととなっている。

「社長、ぼくに鍵を貸してくれませんか？」

「あの」隼人は少し口ごもった。

「明日、私、早く来ないといけないんですよね」

「何時ですか」

「八時半には」

「ぼくもそれより早く来るようにしますよ」

「無理でしょう」苦笑いした。

編集委員を命じられてからの大原は十時に出勤している。編集二課にいたときは昼までに出勤し、その後はほとんど時間に関わらない仕事が待っていて日付が変わることも少なくなかった。

「それより大原さん、いいところで会いました。ちょっと相談があるのですが、オアシスに寄りませんか。十分で結構です。そしたら鍵を貸しますよ」

奇妙な提案に面食らったが、従うことにした。「オアシス」は嵐出版社から最も近い喫茶店である。

奥の席に座り、コーヒーを注文すると、「ちょっと失礼」と隼人はトイレに立った。

大原は気が急いていた。早く「京桜事件」の資料袋の中を見たかった。中でも北畠からの短い返信をすぐにでも確認したかった。いまなら違った角度から、違うストーリーを読み取れるかもしれない。

戻ってきた隼人は向かいに座り、「大原さん、なんかアグレッシブですね。確認したい資料ってなんですか」といった。

「まあ、諸々《もろもろ》なんだけど」

「こんなに慌ててですか」

「突然、思い出したことがありまして」

「なんですか」

「まだはっきりしてないので……」

コーヒーカップに口を付けてから隼人は用件を切り出した。

「先日、会長がせっかちなことをいっていましたが、私は、あの資料室は先代が音頭を取って設置され、玉木さんや大原さんなんかが頑張ってくれて、あそこまで充実したものになったんですから、ぜひ後進にも引き継いでもらいたいんです」

大原もカップに口を付けた。思いがけない話に考えがまとまらなかった。自分が提案し前社長がその気になって設置したということに異論はないが、自分と玉木を並べられるのは心外だった。玉木の一課関係の資料も置かれてはいるが、二課関係の一割もあるまい。それに後進に引き継ぐとはどういう意味だ。

「しかし会長が」声を絞り出した。

「ああいわれたのだから、私は早く手じまいをしないといけないと考えていました。会長は後進への引継ぎなんか期待されていないでしょう」

「会長はちょっと早合点をしているのですよ。紙の時代からネットの時代へ早く移行すべきだと焦《あせ》り過ぎて、紙の資料室を早く閉じたほうがいいと思い込んであんなことをいってしまった」

大原は軽くうなずいた。

「私は高校生のときからウィンドウズ95に触れていたネット世代ですが、ああいう資料室が重要だってことはよく分かっていますよ。知っているでしょう」

自分に比べれば、隼人はなんでもパソコンの中でやっていたように思っていた。その延長上に「ビジネスウォーズ・オンライン」があった。

「引継ぎとはどういうことなの？」

「佐伯君に、大原さんの基本データや情報源を譲っていただけたらと思っているんです」

言葉を選びながら答えた。

「データは私が収集したものでも私個人のものではないと思っているので、もちろん誰が使ってもいいかと、……しかし情報源の引継ぎというのはどういうことですかな」

「まあいろいろお願いしたいのですが、一度会長や玉木さんとも一緒に調整したいのでご検討しておいていただけますか」

そういうと隼人は不意に伝票を手にして立ち上がった。コーヒーはひと口飲んだだけだった。

レジに歩き出す後を追っていった。

「あの、鍵を頼みます」

三階まで駆け上がった。

会議室の鍵穴に鍵を突っ込んで違和感を覚えた。無意識に予期していた感触とちがっている。鍵を引き抜きドアを引いた。

鍵はかかっていなかった。

隼人君、かけ忘れたのだ。舌打ちが出た。それだったらオアシスに付き合ったあの無駄な時間は必要なかった。

資料室に入り、数日前から何度か手を触れ目にした引出しを開けた。「京桜事件」の資料が収まっている五つの引出しの一番下だった。

「大原定期便、北畠氏」と銘打った袋が二つある。

袋からテーブルの上にぶちまけた。定期便は二十枚ほどの束ごとダブルクリップで止めてある。

北畠からの貴重な二通の返信は一番下にある。束を避けたが見当たらない。おや？袋の中を覗《のぞ》いてみた。定期便の間をめくり、振ってみた。どこからも出てこない。数日前に確認してある。そんなはずはないのだ。

一瞬、夢から覚めたような錯覚に陥り、記憶に自信がなくなった。おれは確かに確認したのだろうか？　それはこの袋だったろうか？　確認したつもりになっただけではないか？　あるいは確認はしたが、うっかり他の袋に戻してしまったのではないか？

震える手で他の「京桜事件」の袋も調べてみた。北畠に送った自分の手紙も新聞や雑誌で見た資料を編集した文書もポイント部分だけは現物をコピーして送ったものも確認した時と同じ状態で現われた。

どうしてないのだろう？　まさか他のテーマの資料袋に入れ間違えたのじゃないだろうな。そうだとしたら探し出すのは容易ではない。

探し出せなかったらこれから打とうとしている手に齟齬《そご》が生じるのではないか？

その夜、大原は最終電車の時間まで袋の中を調べたが目標のものは見つからなかった。

4章　夜討ち

1

――謹啓、秋来《き》ぬと目にはさやかに見えねども、風の音にぞおどろかれぬる、の候、お健やかにお過ごしのことと存じます、と申し上げたいところですが、この度、北畠大樹会長が入院されたという報に接し驚いております。

以前よりとてもご壮健であられたので、すぐにご回復されると信じておりますが、奥様のご心配はいかばかりかとお見舞い申し上げます。

世間の雑音もようよう収まり、その意味では会長も爽《さわ》やかにお過ごしのことと拝察いたします。

この様な環境のなかで会長もこの二年ほどの疾風怒濤《しっぷうどとう》の日々を穏やかに顧《かえり》みられるひと時も得られたのではないでしょうか？

以前におっしゃっていた「調査委員会」の報告に論駁《ろんばく》をされたいというご心境をいまでもお持ちのことと存じますが、私どもはいつにてもお考えをお伺《うかが》いいたしますので、お申し付けいただければ幸いです。

私事に亘《わた》りますが、先日、創業社長五十嵐岳人の四十九日法要を終えて後、岳人の長男の隼人が社長兼「ビジネスウォーズ」編集長に就任し、私はそれまでの編集二課担当副編集長から編集委員という肩書に転じました。

これからは、私がいまの日本経済と日本の経営にとって最も重要だと考えるテーマに自由に取り組めという社命でございます。

そんな時に会長がご入院されたという報に接し、私はこれは「会長のお気持ちをとことん伺え」という天の啓示なのだと直感しました——。

大原は息を詰めるようにしてそこまで書いてから万年筆をテーブルの上に置いた。岳人からもらったモンブランだった。普通の郵便物はパソコンで書いているが、ここぞと力を入れる時はこれを使った。

これだけの長文を一字の書き損じもないように手書きをするには十分な下書きが必要となった。それは二階の自分のデスクのパソコンで書いた。

デスクの位置は異動辞令の翌日に替えられることになった。大原が二課担当として陣取っていた場所に佐伯が座り、大原のデスクは少し窓寄りに移動した。そこは佐伯より上座と見えないこともないが、窓際族といった方が実情に近い。

下書きは何度も読み直した。読むたびに少しずつ手を入れた。体中の神経が張り詰め頭痛がするほどだった。

ようやく推敲《すいこう》しおえて引出しの奥からモンブランを取り出した。手書きで清書をするには静謐《せいひつ》な場所が必要となる。そこで資料室のテーブルに移動したのだ。


――いわゆる「京桜事件」には日本の経済と経営を根底から考えるための大きな課題が潜んでいると私は確信しております。いや日本と限定する必要もないのかもしれません。

世紀の変わり目前後からのグローバルな経済競争の中で世界中の企業が身を削り血を流し壮大な〝ビジネスウォーズ〟を繰り広げています。

会長が「京桜電機」で牽引《けんいん》していた〝命がけのコミットメント〟はそういう意味では当然のことであります。ただし、これは自戒も込めて申し上げるのですが、メディアも世間もどこまでが許される命がけなのか、どこからが許されないのか、の判断にいささか現実離れしたところがあるかと存じます。

この機会に「京桜電機」ばかりか日本経済を双肩に担うビジネスウォーズのど真ん中にいらっしゃった会長のお話をぜひ伺いたいと熱望しております。

あらゆる理想主義がその内実を失ってしまい、リアリズムの時代になっているにもかかわらず、昂然《こうぜん》と本音を語れば袋叩《ふくろだた》きになるということを私も痛感しております。しかし会長のように沈黙されていることで袋叩きのままにすぎるというのはいかにも残念なことと思います。

会長お一人の名誉のためだけではなく、これからの日本の企業のため、日本国のために只今現在お考えになり、お感じになっていることをすべてお話しいただけませんでしょうか？

あの夜、資料室の膨大《ぼうだい》な資料袋から見つからなかった北畠からの手紙は、自宅の書斎の奥から出てきた。まだ継続中のテーマだから資料はすべて資料室にあると大原はすっかり思い込んでいた。

それは二〇〇六年の秋にもらった封書だった。

――……ニュークリアパワー社がとんでもない高値摑《づか》みだという風説が流れておる

ようですが、買値が跳ね上がった背景をお調べください。

かりに買値の評価が分かれることがあってもM&Aはいつだってとんでもないギャンブルです。掛け金が高くなろうとも、その馬がトップで決勝線を切れば高い配当金が手に入るのです……——


当時から北畠自身が雑誌などで高値摑みの理由をくり返し腹立たしげに語っていたのを大原は目にしていた。

「京桜電機」のライバル会社「千代田《ちよだ》重工」がニュークリアパワー社に無法な再入札を仕掛けてきたというものだった。

北畠はメディアに伝えられていた以上に「千代田重工」に激しい怒りをぶつけていたようだ。しかし大原には「千代田重工主犯説」は納得いかなかった。「千代田重工」が何を仕掛けようとニュークリアパワー社が通常の入札プロセスを守れば再入札など起こるはずがない。

それよりも「京桜電機」が雇っていたロビイストが、ニュークリアパワー社と手を組んで「京桜電機」をはめたという説のほうがありそうだと思った。欧米企業と政府にとって、国際的な取引に疎《うと》い日本企業をはめることなど赤子の手をひねるようなものなのだろう。

その辺りの疑問をストレートにぶつけて、きっとまだ誰にも話していないに違いない北畠の本音を聞きたいと思っていた。


同じ手紙を二通作成して自宅と病院とに届けるつもりだった。

病院のほうはどんな形を取って郵送しても北畠に届く可能性はほとんどないだろう。間に立ちふさがる関所が多すぎる。自宅のほうは自分の手で届けるつもりだった。東都新聞の田中雄介は人の気配がないといっていたが、北畠夫人はどこかにこっそり身を寄せていて、たまに郵便物などを見に立ち寄るかもしれない。

田中にはあの後、携帯で連絡を取って、以前通りのギャラと取材経費を払うから北畠へのルートを見つけてくれと依頼した。

「大丈夫ですか」と田中は言った。自分が中身のよく分からない辞令を受けたことをどこかで聞いたのだろう。

「以前より仕事のやりやすい立場になりましたよ」と返し、そのついでに「これまでに何か北畠さんの情報は入っていますかね」と聞いてみた。

「病状はそれほど切迫したものではないようですが、しばらく入院するみたいです」

「どのルートの情報ですか」

「京桜の落ち武者ですね。裏ルートとは言えません」

「さすが田中さんだな。落ち武者にまで目を配っている」

「メディアにあることないこと書かれたので、彼らは信頼できる相手にならしゃべりたくて仕方ないんですよ」

「北畠戦犯説以外のことを話してくれる人がいたら会わせてください」

「当ってみます」

ふっと取材費のことが頭に浮かんだ。少しくらい会社から出ないだろうか？

数日前、夫人のいないのを見計らって会長兼社長室を訪ね隼人に相談を持ちかけてみた。これまで上司として教えていたのが、部下という立場になってからの話し方が肚《はら》に落ちず所々で舌がもつれた。

「会長から編集委員という肩書で好きなことをやってみるようにという辞令をいただきましたが、私としては当然、『ビジネスウォーズ』の誌面にも反映されるようなテーマを追いかけてみようと思っています。ついては取材費などはどんな範囲で考えていたらいいでしょうか」

隼人は頭の中に考えをめぐらせながら答えた。

「それは、大原、編集委員の、追いかけている、テーマにも、よりますよね」

「その中身を申し上げるのは、もう少し結果が出るまで待ってもらえますか」

そこに夫人が姿を現わした。

「大原君、いまの話をもう一度聞かせてくれる？」

扉の外で半分くらい聞いていたのだろう。仕方なく同じ話をすると即答した。

「それは『ビジネスウォーズ』の管轄外《かんかつがい》だわ。そもそもこれからの『ビジネスウォーズ』は若い者の感性で作ってもらおうと考えて今度の体制を作ったのですから、編集委員は会長の直轄《ちょっかつ》ということで考えてください」

「それでは会長にお願いします。私、いま少し大きなネタに取り組んでいまして、これがうまくいくと日本中がビックリするようなスクープになると思うのですが、取材費をお願いできますでしょうか」

「大原君、わたしの話を聞いていなかったの？　『ビジネスウォーズ』は若い者に任せてちょうだいよ」

「ですから会長にお願いしているんです」

「わたしはもう隼人社長にすっかりまかせていますから」

「ですから隼人、社長に相談していたのです」

「つい先日まで先輩として大きな顔をしていた大原君から話を持ちかければ、強制するようなことになって相談にはならないでしょう」

「まあ、会長、ものによっては、考えてみてもいいかと」

堂々巡りの二人のやり取りに隼人が割り込もうとしたが、夫人は許さなかった。

「社長、そうやって曖昧《あいまい》な態度を取るようでは立派な社長兼編集長にはなれませんよ。大原君がどんなに執拗《しつよう》に申し入れてきても、決然とはね除けるようでなくてはダメでしょう」


その日、日の高いうちに家に帰った大原は、リビングに子供たちの姿がないのを見定め、思い切って知子に話を持ちかけた。

「しばらく仕事で自腹を切ることが必要になるから、家に入れる金が半分になるけど了解してほしい」

いつものように冷ややかな視線を返すだろうが、受け入れるにちがいないと思っていた知子はこう答えた。

「それは約束が違うじゃないですか。『嵐出版社』に勤めるようになって間もなく、あなたは自分は仕事に全力投球をするから、わたしは子育てや家のことに全力を打ち込むように、お互いの軍資金はこれこれで頼むよと言ったじゃないですか」

知子は笑みさえ浮かべて続けた。

「わたしはそれを受け容れてそのつもりでやってきました。美咲と拓也《たくや》の学校は今の収入を前提として選んだものなんですから、約束通りにしてもらわないと困ります」

そんな申し入れをした記憶はなかったが、確かに自分はそういうことを望んでいたかもしれない。

「おれがいつそんなことをいった」

「まあ、呆《あき》れた。二度も同じことを言いましたよ」

知子は大原がそう言ったときの状況を克明に語って口調まで再現してみせた。それでも記憶は蘇《よみがえ》らなかったが、知子はこんなことで嘘をいう女ではない。自分が言ったのだろうと思うようになった。

それならそれを守るしかないと覚悟を決めた。

2

横浜駅から数駅のK駅に降り立ったとき、西の空に日が沈むにはまだ間があった。

こちらが誰だかはっきりと見定められない黄昏時《たそがれどき》がいいと思っていたのに時間の計算を間違えたのだろう。

北畠の住所は「世直し人」に登場してくれたとき周辺取材をしたから知っていたが、訪問するのは初めてだ。

スマホの「ナビ・シティ」を覗《のぞ》きながら表示の指し示す方向へ歩いていく。駅からの繁華街を抜けるとすぐにまばらな住宅街となる。ここは分譲建売と思《おぼ》しき小さな家が並んでいる。やがてなだらかな登り勾配《こうばい》となり、しばらく行くと、きちんと舗装《ほそう》された石畳《いしだたみ》の道路の両側にこぎれいな建物が並んでいる道路にさしかかる。まだ緩やかな勾配が続いている。

登るにつれて贅沢《ぜいたく》な家が出現する。ひときわ大きな建物が背の高い塀《へい》を連ねている一角に出た。勾配を均《なら》すためか苔むした石垣が斜めに続いていて厳かな雰囲気と贅沢さを醸《かも》している。

「ナビ・シティ」はもう目的地に三十メートルだと示している。

大原は少し歩を弛《ゆる》めたが、両側の建物をじろじろとみつめないように前を通り抜けた。

その家の全体が目に入ったとき、これだと直感が働いた。

間口は十数メートルあろうか。御影石《みかげいし》の門柱には青銅の郵便受けがはめ込まれ、武家屋敷のように大きな木製の門扉《もんぴ》は今まで一度も開けられたことがないかのようにぴたりと閉ざされている。門柱にも郵便受けにも住人の名前は記されていない。

塀越しに木々に囲まれた二階が目に入る。壁には蔦《つた》らしきものが這《は》わされ、出窓はステンドグラスとなっている。贅沢さが威圧感を発している豪邸だった。

歩みを遅くし、塀の向こう側に向けて神経を研《と》ぎ澄ました。

人の気配はない。ようやく夕闇が漂い始めたが、目に入る限り二階のどの窓からも明かりが漏《も》れてこない。塀に隠れて目には入らないが一階のどこからも明かりは立ち上ってこない。やはり夫人はここに住んではいないのだ。

大原は北畠家と思しき屋敷の前を通り過ぎた。

その先、三軒目を過ぎてからクルリと体勢を変えて元来た道へと戻り始めた。

数歩行ってぎくりとした。

ふいに視線のすぐ先の門から人の姿が現われたのだ。北畠夫人なのか？

しかし開いたのは隣家の門だった。和服を着た老婦人が現われた。婦人は一瞬、大原に視線を投げたが、何も目にしなかったように顔を伏せてこちらへ向かってきた。きれいな銀髪をかすかに紫色に染めている。

大原はこんな時を想定してにわか勉強をしていた言葉をかけた。

「素敵なお屋敷ばかりですね。これは石英岩の塀ですか」

「あらよくご存じ」

「こんな素敵なお屋敷を眺めると目の保養になります」

老婦人はふっと口を閉ざして大原を見据《みす》えた。それから少し姿勢を固くして傍《かたわ》らを通り過ぎようとした。慌てて声をかけた。

「北畠さんの事件の時は大変だったでしょう」

「あなたもそのお一人だったのでしょう」

「いいえ、私は今日初めてここに参りました」

「今日、いらしても何にもならないじゃないですか」

「私は少々北畠会長とご縁のある者なのですが、少し落ち着いてからの心境をゆっくりとうかがいたいと思って、騒ぎが収まってからやってきたのです」

婦人は歩を弛めそっと大原の全身をうかがうようにした。

「失礼します」

婦人は行き過ぎようとする。

「北畠家はすっかりお留守のご様子でした。入院されたという噂《うわさ》を耳にしたのですが、北畠夫人はいまどこに身を寄せていらっしゃるかご存じないですか」

「ご縁がおありになるのでしょう」

「それを教えていただけるほどのご縁ではないもので」

「当家もそれを教えていただけるほどのご縁はありませんことよ」

懐《ふところ》の深い女性のように思えた。スーツの内ポケットから膨《ふく》らんだ封筒を取り出していった。

「奥様にもお目にかかれない場合のことを考えて、私は北畠会長への親書をしたためてまいりました」

婦人は封筒に目をやった。

「いま北畠家の郵便受けを拝見したところ、あの大きな郵便受けの投入口からダイレクト・メールなどがはみ出しているように見えました。このまま投函《とうかん》するとそれらに紛《まぎ》れて北畠会長に届かないようで心配です」

婦人は小さく笑っていった。

「今日、はじめてお目にかかった私にそれを託そうというのですか、もっと心配じゃないですか」

「奥様は信頼に足る方です」

「どうしてそういう根拠のないことをおっしゃるのでしょう？」

「立ち居振る舞い、お話の仕方、とりわけそのきれいな目を見てそう思いました」

「そうやって根拠なくこちらのご主人を信じられた結果が、今度の出来事じゃございませんか」

「今度の出来事を悪く取っていらっしゃるようですね。私も一時そう思ったこともありますが、真相はまだ誰も分かっていないのです。私達が知っているのはメディアが下した断罪だけです。私は真相を知りたいと思ってここに参ったのです」

婦人は口調を変えていった。

「それなら頑張《がんば》ってください。わたしは失礼します」

大原に背を向けて婦人は歩き始めた。それ以上追うことはせず、婦人が出てきた家の門の前に向かった。

北畠家に負けないほどの贅沢な造りだった。

表札に「池田《いけだ》」とある。その姓で知人やメディアで目にする何人かの顔が思い浮かんだが、これだけの豪邸に住む人に心当たりはない。

それから北畠家の門前に場所を変え、しばらく佇《たたず》んでいた。時刻は十八時を少し過ぎたところだ。

手紙を投入することなく門前を後にした。諦《あきら》めたのではなく、時刻を変えて再チャレンジすることにしたのだ。

K駅前に日本中を席巻しているシアトル生まれのコーヒーチェーン店があった。客は大原より一回り以上若い人たちが多い。まれに地元のリタイア組と思しき世代も混じっている。

マグカップに入ったアメリカンコーヒーを口に運ぶ。

ふっと先ほど池田夫人に告げた言葉が脳裏によみがえり、アーと叫んで記憶を丸ごと上書きしてしまいたいような衝動を覚えた。

奥様は信頼に足る方です、まではまだいい。とりわけそのきれいな目を見て、がひどかった。なぜおれは、あとで思い返せば絶叫したくなるような台詞《せりふ》を口にしてしまうのだろう。

「世直し人」で会う経営者にも似たような言葉をいうことがしばしばある。まったくのお世辞ではないが、あとになれば必ず言い過ぎだったと後悔してしまう。相手に自分の軽薄さを見抜かれたのではないか？

相手をなんとしても口説き落としたい、相手の懐深く飛び込んで信頼を得たいと思うと日頃、自分が持ち合わせているはずのない言葉が飛び出してきてしまうのだ。

「お前、口がうまいな。結婚詐欺《さぎ》でもできそうだ」

岳人社長にそうからかわれたことがある。


あと三時間は粘るつもりだ。大原が想像しているように北畠夫人が近所の目に触れずに時どき家に戻ることがあるとすれば、そしてそれが運よく今夜だとしても九時過ぎになるだろう、もっと遅いかもしれない。これを何杯飲むことになるだろう。


大原はバッグに入れてきたパソコンと資料袋を取り出した。

このところ時間さえあれば「京桜事件」のデータを再確認している。事件全体を俯《ふ》瞰《かん》できる克明な年表を作り、その中の重要項目ごとに詳細な資料を付け加えてある。

いまは「京桜電機」と利害関係を持たない弁護士や会計士などで構成されている第三者委員会が提出した報告書に焦点を合わせている。

独立した第三者委員会といいながら「京桜電機」がメンバーを選び、「京桜電機」が金を払い、「京桜電機」が調査範囲を決めている。周囲が懸念したように「京桜電機」寄りの調査結果が出た。

それでも北畠はこれに不満なのだ。

調査報告は「京桜電機」寄りでありながら、世間の納得も得られるよう「京桜電機」の経営の醜悪な習慣を幾つも暴いた。

その醜悪な曝露《ばくろ》はメディアに多く登場してきて、世間を騒然とさせた。

いわく「ターゲット」、いわく「うちてしやまん」……。

経営陣が達成不可能な目標を「ターゲット」として部下に与えていた。「ターゲット」とは必達目標であり、出来ないということは許されなかった。ギブアップするにも「うちてしやまん」、つまり「ターゲット」を達成してから沈没するなら許す、ということになる。

このため部下たちは様々な不正を業務の中に日常的に取り込んだ。それはいくつもの粉飾となって「京桜電機」の業績を膨らませ、多くの株主や取引先、銀行でさえも欺《あざむ》いた。

「ターゲット」をどのように設定させ「うちてしやまん」として形にしたのか？

調査委員会は北畠やその後任社長の鈴木邦夫、さらにその後任社長の田辺永夫《たなべながお》の具体的な振る舞いとして幾つもの事例を報告書の中に取り上げていた。

例えば売上げの「ターゲット」が期末に百億円足りなくなることが明白になって

も、

「これはターゲットなんだ。きみが経営委員会に宣誓した不可侵なものなんだ。うちてしやまんだろう」

と上司にいわれ、部品の押し込み販売などを強行して帳簿上だけは達成したことにする。

結局、未達の数字を次の四半期に移すのだから、その期の決算だけはクリアするという手法を重ねてきた。やがてそれはクリアしきれないほど大きくなっていく。それが「京桜電機」の破綻《はたん》を準備したのだ。

「ターゲット」も「うちてしやまん」も、劇画のように分かりやすく刺激的だったので、メディアは毎日、くり返しそれを誌面に紙面に画面に登場させた。年末には「流行語大賞」の候補ともなった。

やがて幾つもの出版社が『京桜電機事件の真相』『自壊する京桜電機』などと銘打った本を刊行した。それらはこれまで密かに囁《ささや》かれてきただけの「京桜電機」の裏の顔を、封印されていた情報や内部告発を材料にして徹底的に暴き立てた。

読む者誰もが、

「日本屈指の優良企業と思われていた京桜電機がこんなことをしてきたのか」

と呆《あき》れる醜態だった。

　企業の裏の顔を幾つも見てきた大原でも、思わず舌打ちしたほどのギャップがあった。それがそのまま北畠の評価の見直しともなった。

　ところが北畠は、短い手紙で「貴兄らメディアもただその尻馬に乗って騒いでいるだけだ」と断罪している。これだけの粉飾をやらかしながら、どうしてそんなに偉そうに反論ができるのだろうか？

　しかしその短い反論を見たとき一瞬で、今まで見えていた構図がもう一度ぐるりとひっくり返るような気がした。

　たしかに第三者委員会は「京桜電機」に寄り添った報告書を作成したのだ。その際の「京桜電機」は北畠と鈴木を切り捨て、世論と結託して「京桜電機」を防衛するという確固たる意思を持っていた。

「京桜電機事件」に関する洪水のような情報を目にして、大原は北畠に落胆した。しかし一度、強く惚《ほ》れ込んだ北畠をまだ切り捨てられないでいた。こんな醜悪な記事は話半分だろう、という思いがあった。

　そこに北畠の毅《き》然《ぜん》たる反論が揺さぶりをかけてきた。北畠の口から反論を直《じか》に聞いたら、納得して調査報告を批判する側に回るかもしれない。そうあってほしい、自分が北畠を高く評価した目が間違っていなかったと思わせてほしい。

それを求める思いが募って、何としても一刻も早く北畠に会いたくなっていた。


少し転寝《うたたね》をしていたようだ。

窓外に視線を投げると、ビルの狭間の見渡す限りの空は闇に塗り込められていた。

スマホで時間を確認すると20：43となっている。ゆっくりと北畠の家まで行けば九時になるだろう。

大原は店を出た。

先ほどと同じ道を行くのだから簡単だろうと思っていたがそうではなかった。辺りは闇に閉じ込められて、一度見たはずの風景もその間を抜けていく道も確認しにくくなっている。

何人かの人とすれ違い、何台かの車をやり過ごし、夕方の倍の時間をかけて、見覚えのあるあの敷石道に出た。

途中の道で、今夜、北畠夫人に会える可能性はほとんどないだろうと思っていた。

郵便物を確認しに行くとしても、大事な郵便物を寄越《よこ》す相手なら、いま夫人が仮住まいしている連絡先を知っているだろう。そうでない郵便物の受け取りは精々《せいぜい》週に一度でいい。その週に一度に出くわすのは七分の一の確率しかないのだ。夫人が、人と会う可能性の少ない夜中に来るとすれば、会える可能性はゼロになってしまう。

高い塀の中をうかがいながらゆっくりと通り過ぎて見るが、やはり明かりもなければ人の気配もない。

そして御影石の門柱にはめ込まれた郵便受けの口からほとんどがＤＭと思しき郵便がはみ出していた。

自分が精魂を込めて書いた依頼状をあの中に紛れ込ませるのは忍びなかった。それでは北畠にまで届かないだろう。ならばどうしたらいいのか？

そのとき石畳を叩《たた》く足音が聞こえた。そちらを見ると街灯の逆光となって確認できないが女性のようだ。

北畠夫人だろうか？　心臓がどきりと揺れてリズムを変えた。

女性はうつむき加減になって通り過ぎようとする。ためらう前に声が出ていた。

「奥様」

女性が顔を上げて大原を見た。

「あら、あなた、まだいらっしゃったの？」

「一度、駅前の喫茶店に場所を変えまして、そこからまた出直してきたのです」

「ご苦労様ね」

小さく頭を下げて婦人は行き過ぎようとする。

「苦労はまったく厭《いと》わないのですが、悲しいですよ。ご覧のように郵便受けはＤＭで一杯です」

「……」

「なんとか真相への扉を開けようとして命を削って書いた手紙が北畠会長の元に届かないかもしれない」

「ザットイズ、ノット、マイビジネス」そう言って婦人はクスリと笑った。

「今、習ってきたばかりなの、これ。それはわたしには関係ないことよ」

「よく承知しております。……英会話を習っていらっしゃるんですか。すばらしい」

「もう一つ、今のあなたに関係ありそうな言い回しを教わったわ。ドゥユア、ベリイベスト。ドゥユア、ベストならわたしも知っておりましたけれど、ベストの前にベリイを入れるところが味噌《みそ》なんですね」

「そうか、私にはベリイが足りないんだ」

「そうは申し上げておりませんことよ。ベリイ一つ分なら足りているように見えますけど、それほどすごい真相を明かすつもりなら、ベリイベリイベリイってベリイが三つくらいいるのじゃないかしら」

　そこまでいって婦人は門の内側に姿を消した。

　婦人が戯言《ざれごと》のようにいった言葉が大原の耳に残っている。いまのおれにとってベリイ三つ分の努力を尽くすにはどうしたらいいのか？　封書をこのまま郵便受けに入れるのでは、ベリイ一つ分にもならない。ならば郵便受けを使うことなく、たぶん時どきこの家にやって来るに違いない北畠夫人に確かに封書を渡すにはどうしたらいいか？

　大原は内ポケットに封書の入っているスーツの上着を脱いで、目の高さにぶら下げてみる。このまま「スーツの内ポケットに北畠会長宛《あ》ての封書を収めてあります。お渡しいただけたら幸いです／『ビジネスウォーズ』大原史郎」という文書を胸ポケットにでもくくり付けて、門の内側に投げ入れたらどうだろう？　そうすれば、ここにやってくる夫人の目にきっと止まる。

　しかし強い雨でも降ったらどうなるだろう？　あの塀越しに見える松の枝に掛けるようにすればびしょ濡れになることはあるまい。しかしうまく枝に引っかけられるだろうか？　もしうまく引っかなったとしても外から見える。不埒《ふらち》な奴だ通りかかりスーツに関心を持ったら、中に忍び込んでスーツを奪おうとするかもしれない。この塀もその気になれば越えることができるだろう。

閃《ひらめ》くものがあって、大原はさっき来た道をひと区画戻った。

そこから駅寄りには分譲住宅と思しき家がひしめいている。駅から遠くなる側に贅沢な屋敷がゆったりと並んでいるのだ。

建物のグレードが違う二つの区画の間に十本ほどの樹木が植えられているスペースがあって、来る途中そこに何本かの枝が落ちているのを目にしていた。一メートルほどの枝を二本、拾って北畠の家に急いだ。

塀の最も外れに二本の枝を立て掛け、塀の上に手をかけて枝を踏ん張って見た。最初はすぐに踏み外したが、革靴と靴下を脱ぎ裸足《はだし》で枝に乗ってみると、三度目くらいからバランスのとり方が呑み込めてきた。足に力を籠《こ》め体を浮かすと手が塀の反対側の角にかかった。

手に力を入れると体が浮いて、上半身が塀の上に乗っていた。

その時、闇の中をまばゆい光が過《よぎ》った。振り向いた大原の顔を光は直撃した。

「おい、何をやっているんだ」

逆光の中に二人の男が浮かび上がっている。ガタイのいい方が大原の肩をつかみ、塀の上から引きずりおろした。大原は尻から敷石の上に落ちた。ストレートに頭に響く衝撃を覚えた。

「やめてくれ、私は怪しいものじゃない」

「われわれはコサムの警備のものだが、十分怪しいじゃないか」

細い方がいった。

「私はこの北畠家とは知り合いの人間なんだ」

「知り合いが何だって塀を乗り越えなきゃならない？」

「渡したいものがあって訪ねてきたのだが、留守だから中に入れておこうと思って」

「何も持っていないじゃないか」

「これだよ」

大原はスーツの内ポケットから封書を取り出した。北畠大樹会長という宛名も、自分の名前も書いてある。

「これなら郵便受けに入れればいいだろう」

「郵便受けはＤＭで一杯だから、家の人が見つけてもまとめて捨てられちまうと心配だったんだ」

細い五十代と思しき男がガタイのいい三十前後の男に目配せをした。

男は腰につけていた電話を手にした。どこかに掛けている。何やら話し込んでから大原に声をかけた。

「あんた、どこの誰だって？」

大原がもう一度名乗ると男はそのままを先方に伝え、小声で何かを話している。先方はコサムの事務所なのだろうか？　まさか北畠夫人自身ということはあるまい。

男はいったん電話を切ったが硬い表情を崩そうとはしない。

「どこに電話をかけたんだ？」

返事をしない若いのに代わって五十代がいった。

「あんた、留守だからって塀を乗り越えていいってことにはならんよ」

「緊急だったんです、日本の一大事なんです」

「あんた新聞記者なんだろう。おれはあの頃、あんたらの傍若無人は散々見てきたから、ごまかされないよ」

「新聞じゃありません。『ビジネスウォーズ』という経済雑誌です」

「同じ穴のムジナじゃないか」

「そうかもしれませんが、日本の一大事は本当ですよ」

「何を偉そうに。経済雑誌なんて読まなくたって何にも困らないよ」

中年がせせら笑うようにいったとき若い男の電話が鳴った。

「はい××です。あ、そうですか。了解です」

電話を切って五十代にいった。

「二度とこんなことをしないよう念を押して、同意したなら警察には突き出さずに、無罪放免でよろしいということです」

「あんた、聞いた通りだ。二度とこんなことはしないね」

「ええ、二度と塀を乗り越えるようなことはしません」

「それじゃ、ここから帰ってくれ。見届けてからおれたちも帰る」

大原は若いのに聞いた。

「今、あなたの言われた『二度とこんなことをしないでくれ』といったのは誰ですか？　北畠家の奥さんですか？　それとも北畠会長ご自身ですか」

「そんなことには答えられません。さあ、さっさと帰ってください」

問いには答えず五十代が面倒くさそうにいった。

5章　告発者

1

　JR新宿駅近くの喫茶店に大原がいた。

　奥の四人掛けのテーブル。大原と並んだ隣の席に、大原の息子といってもいいくらいの若い男が座っていた。ひと月前まで大原の部下だった永瀬亮である。

　話しかけるのはもっぱら大原だった。

「どうよ、佐伯君の二課長ぶりは？」

「いつも見ているじゃないですか？」

　男の口調には茶化すような響きがにじんでいる。

「見てるのと部下をやるのとは違うだろう」

「褒《ほ》めて欲しいんですか」

一瞬遅れて、佐伯を貶《けな》して自分を持ち上げて欲しいというのか、と問うていることに気付いた。

「バカヤロウ」

大原は永瀬の頭をかるく叩《たた》くと、いけねとばかり永瀬は舌の先を出した。


永瀬は三年前まで岳人社長の古巣「万来舎」で契約社員をしていた。

何があったのかは知らないが、その後、永瀬は「万来舎」を辞めてフリーのライターとなった。ここ数年のフリーライターは、仕事の厳しさも収入もぎりぎり追いつめられている。永瀬も苦労したことだろう。

間もなく「万来舎」の伝《つて》を辿《たど》って岳人の前に現われ、どこを気に入られたのか「何かあいつにやれる仕事はないか」と大原に引き合わせられた。

そこで試しに短い原稿を書かせてみると悪くはなかったのでしばしば使うようになった。新聞社の経済部が扱うテーマも社会部的なネタも、ほぼそのままで誌面に載せられる原稿を書くだけの力があった。その分、生意気でもあったが大原も生意気が嫌いではなかった。

その後、大原の部下の一人が「親父が体を壊したので地元に帰って家業を継ぎます」といって辞めてしまったので、後釜にと誘ったら二つ返事で応じてきた。

現在は三十二になったのかもう三なのか。当初ひょろりと痩《や》せて貧乏学生のような頼りない印象だったのが、ハードな仕事にも耐える体軀《たいく》といっぱしの風貌を身に着けた。自分が辞めるまでには隼人の片腕になるだろうと目をかけてきたのだ。


「佐伯さん、一応ちゃんとしていますよ」

「いちおう？　いちおうの先はどうなんだ」

「やっぱりびっくりするようなアイデアが出てきたりとか、部下泣かせの強引さとかは、大原さんと比べちゃ可哀想《かわいそう》でしょう」

大原が返す言葉を呑むと永瀬の逆襲が始まった。

「無任所の編集委員っていうのは何をされるんですか？」

「いまのところあの会議でいわれた通りだ。好きなことをやっていいということだ」

「いいな。何をするのですか？」

大原はそれを話すために永瀬をここに呼んだ。これまで「ビジネスウォーズ」の誌面で何度か、「京桜電機事件」を扱ったが、永瀬には部分的な取材や資料集めを頼んだだけだ。手短にいま取り組もうとしているテーマを話し、北畠に取材をするためとつかかりを探っているところだと伝えた。

「そのルートを探してくれている人って、大原さんの強力な情報源ですか」

「強力な情報源？　誰がそんなことをいっているんだ」

「編集部じゃ有名ですよ」

そういえば玉木も隼人も自分が編集委員になったらすぐに情報源を譲ってくれといってきた。彼らの意図は理解できる。永瀬にも同じような気持ちがあるのだろうか？

まさか、と一瞬、永瀬をこれまでと違う目で見たが、永瀬はこれまでと同じ目で見返している。

今日は田中雄介に会わせてやろうと思って、用件を何も言わずに永瀬をここに連れてきた。十八時から永瀬は歌舞伎町で次号の特集の記事を頼んでいるライターに会う予定があるといい、大原はその時間、田中から京桜電機に居たという取材相手を紹介してもらうことになっている。

「情報源というような怪しげな存在じゃないよ。頼りになる仕事仲間だ。きみも会っておいて損はない」

そのとき大原の視線が喫茶店の入口に奪われた。視線の先の入ってきたばかりの男に手を振った。

「忙しいところ、すみませんね」

「いま暇していますから、大原さんのお呼びなら、いつでもすぐに飛んできます」

「これ、うちのエースの永瀬君です。第一線の新聞記者がどういうものか、一度勉強させてやろうと思って連れてきました」

永瀬が立ち上がって名刺を差し出し、男も名刺を返した。

「第一線どころか、私はもうそろそろベンチ入りですよ」

「東都新聞社会部を支えている人が何をいってんですか」

今日の田中は酒の飲み過ぎなのか、仕事で体をすり減らしているのか、土気色の顔をしている。少しくたびれたスーツからも歪《ゆが》んだネクタイの結び目からも堅気のサラリーマンにはないルーズなものが溢れている。

本題に入る前のジャブのようなやり取りをしてから大原が切り出した。

「それでルートが開きましたか？」

「ちょっと苦戦していますが、北畠さんがまだ京桜病院に入院していることと、奥さんがどこかに潜伏していて、時どき自宅に帰っているということは確かなようです」

「何をしに帰るのですか？」

「郵便のチェックと家に風を通すためみたいですよ」

「やっぱりそうか。私、先日、あの家の郵便受けに血の噴き出すような手紙を入れてきました」

ひどい目にあいましたよ、と悲鳴のような声を上げてからあの日の顚末《てんまつ》を話した。最後にコサムの警備員に「さっさと帰ってください」といわれた大原は、スーツから封書を取り出し、郵便受けを一杯にしていたDMやチラシの真ん中に差し込んだのだ。

「うちの若い記者に大原さんの爪《つめ》の垢《あか》を煎《せん》じて飲ませてやりたいですよ。皆、楽ばかりしたがりやがって」

「DMなんかと一緒に私の手紙が捨てられてしまう可能性が高いですよね。病院の部屋か奥さんに直接、届けたいので、田中さんのルートに期待しているんです」

「病院の方は難しそうなんで奥さんの潜伏先を探っているんですが、これが皆目わからない。奥さんは北畠さんを切り捨てようとする京桜に怒ってしまってコンタクトが取れないようにしているみたいなんです」

「郵便のチェックに来ているのなら、続けて一週間自宅を張れば姿を現わすでしょう。その跡を付ければ潜伏先は分かる」

張り込みはやってくれませんよね、といいかけたが「張り込みってのは探偵事務所なんかに頼むと高いんでしょうね」と切り替えた。新聞記者にそんな肉体労働を頼んだら、プライドを傷つけて今後の付き合いに差し支える。

「ぼくも探偵事務所は頼んだことありません」

「新聞社はそういう所は使わないんですか」

「私はやったことないです」

黙りこんだ二人が沈黙の重さを払うように同時にコーヒーカップに手をやると、横から永瀬がスマホを突き出した。

「何だい？」

「時給六千円から一万二千円くらいみたいですよ」

画面に「探偵料金の徹底比較」というタイトルがあった。奪い取るようにしてそのページを見た。

高い料金を言い訳する少し回りくどい説明の後に、「張り込み」に類するものは「時給一万二千円（調査員二名）」などという記述がある。かりに夕方六時から夜中の二時までの八時間を一週間張り込んでもらうとすれば、料金は一万二千円掛ける八時間掛ける七日間となる。頭の中にすぐには解けない計算式が浮かんだ。

「永瀬君、ちょっと暗算やってもらえるか」といって計算式を口頭でいった。

「ぼくがそんなに頭がいいと思っているんですか」

永瀬はスマホを取り戻し、計算アプリを開いた。「ええと六七万二千円ですね」

「そんなに高いのかよ。とても払えないな。なんだってあの家の前にただ一週間張り込んだだけで、おれの月給の倍ももらえるのよ」

「ぼくだったら年収だ」

永瀬が茶化すように口を挟んだ。

「きみの売れないライター仲間の中にひと晩一万二千円でやってくれる奴、いないかな」

「ぼくがやってもいいですよ。ただし終電がなくなりますからタクシー代を上乗せしてくださいよ」

「二課の仕事はどうするんだ」

頭の中を覗きこむような目をしてから、またスマホを手にした。

「K区はちょっと遠いから、心当たりを当ってみます」

体を斜め後方にねじった。ここから心当たりに電話をかけるつもりなのだ。

大原はその隙《すき》に田中に封筒を渡した。

「いままでの分をお渡ししておきます」

「いまんところ何の成果も上がっていないですからな」

「今の情報だけでもありがたいですよ。それにこれからを期待してというのも含まれていますから」

「怖いな。どこまで期待されているのかな」

「田中さんのご尽力でK会長に会えるまでいったら、これまでの最高額と同じものをと考えています」

これまでもときどき二人の会話はイニシャルトークになった。

「領収書は？」

受け取った封筒を開けようとした。

「要《い》りませんが、どうぞご確認ください」

自腹なので領収書をとるつもりはない。田中の顔にかすかに不審げな表情が横切ったが中を改めて安堵《あんど》の表情に戻った。これまでと同じ相場の額が入っている。

バブルが弾けて紙切れ同然になった株を数銘柄塩漬けにしていたのを思い出し、チェックして見たら二百万円を少し超えていたのだ。それを全部、北畠関係に使おうと覚悟を決めている。

永瀬が小声で話し続けている。やり取りを聞き流して田中に話を振った。

「K会長は、調査報告書が欺瞞《ぎまん》に満ちているといっているんですが、田中さんの見立てはどうですか」

「そりゃ、あのメンバーは、K会長がいなくなった後のK電機が人選をして依頼したんですから、K会長には不愉快な記述も多いでしょう。それに調査範囲も肝心のNP社は入っていなかった。いまや会長は電機と一蓮托生《いちれんたくしょう》じゃないのですよ」

ニュークリアパワー社もしっかりイニシャルにしている。

「だからって欺瞞に満ちているっていうことはないでしょう」

大原は田中の反論を引き出すように挑発してみた。

「確かにあそこに報告されていたようなことはあったんでしょう。そんな虚偽報告をする理由はないですからね。ああいうスキャンダラスな記述をちりばめて調査委員会の公平性を強調したんでしょう。しかしあんな醜態を詳細に報告されてはK会長の盛名、地に堕《お》ちたりですよね。それでも彼の言い分は……」

田中がためらって呑み込んだ言葉を大原がいった。

「S社長の方が罪が重いというのですか？」

調査報告書が伝えている「ターゲット」の具体的事例は、北畠の後任社長の鈴木邦夫が主人公のものの方が悪質で乱暴である。とても「京桜電機」の社長の振舞いとは思えなかった。

「ターゲットの悪質さからいったらそうかもしれないが、先鞭《せんべん》をつけたという点ではK会長に罰点がつくでしょう。どっちにしろいまとなってはそこはもう過去の話で、『K電機事件』で現時点最大の焦点はNP社買収の罪は誰に帰すべきかということですよ。いやもっといえばこれからのK電機の運命はどうなるかということでしょう」

北畠ら数人のトップが退任させられて以降、「京桜電機」のNP社関係の赤字が次々と明らかになった。それを消さないと銀行の融資が受けられなくなる。焦った「京桜電機」はその巨額の負債を減らすために、白物家電事業や半導体事業など数少ない稼げる事業部門や医療機器関連、プラント関連などの優良な子会社をどんどん売っている。

そんなに売ってしまったら企業として存続していけなくなるのではないかという段階にまで追い込まれている。ところが経産省もメインバンクも証券取引等監視委員会も「京桜電機」を切り捨てるという判断を下すことはなく存続の方向で対応している。そこに何か大きな理由があると世間も大原も考えている。

「田中さんは、K電機の運命はどうなると思いますか」

「色んなことを言う奴がいますが、最低限、生き残るでしょう」

「どうして？」

「私の意見というより、あちこちで訳知りに言われているのは日米原子力協定が日本の脱原発を認めてくれないから、原発を支える企業を潰《つぶ》すわけにいかないということらしいのです」

そういう説を唱える学者やジャーナリストも少なくない。しかし二〇一一年の東日本大震災以降、世界の先進国では脱原発の世論が高まり、政府もそれを追いかけ、当の米国でも原発の新設が難しくなっている。それなのに、なぜ「日米原子力協定」で日本を縛《しば》りつづけようとするのか、という疑問が資料を読み返すたびに大原の胸の中で色濃くなっている。その説は原発推進派の他の意図を隠すためにばらまかれているのではないか。

田中は講演でもしているかのような口調で話を続ける。

「結局、世界への核兵器の拡散を防ぐっていう大目的があっての協定です。今の米国が日本にそういう恐れを抱くことはないとは思うんですが、それ以外に説得力のある説明を聞いたことはありません」

ふいに永瀬が会話に割り込んできた。

「大統領選挙の時にトランプが日本は安全保障をアメリカにただ乗りしている。もっと身を切る努力をしなければ米軍を引き上げるぞ、といったじゃないですか」

「ああ」と田中が応じた。

「私ですね」永瀬が改まった口調になった。

「二年前のあの安保法制、……反対派の人にいわせれば戦争法案ですが、あれに反対して国会の周りに集まるようなジジババって、トランプがいったようにアメリカ軍が皆引き上げたら本当に喜ぶのかなと、あのとき思ったんですよ」

田中が「それで」と愉快そうに先を促した。

「憲法九条を本当に条文通りに守るなら自衛隊は違憲ですよね。在日米軍も違憲ですよね。違憲なのだから自衛隊をなくし米軍を追い返して、軍事的にすっかり丸裸になってもいいと、ああいう人たちは思っているんですかね」

大原と顔を見交わしてから田中がいった。

「恐ろしい論客が『ビジネスウォーズ』にはいたんですな」

今度は愉快そうなだけではない表情がうっすらと浮かんでいる。

大原は、以前から田中は国会の周りを取り囲む人々と同じ九条観を持っているに違いないと思ってきた。田中はというより「東都新聞」の記者は、という主語にしたほうがいいだろう。平和憲法死守が「東都新聞」の社是であり、記者たちの信念なのだ。

このテーマで彼らと議論をすると、どこかで互いの虎の尾を踏んで喧嘩《けんか》になりかねないと危惧《きぐ》しこれまで話題にすることはなかったが、永瀬は無邪気に話を続ける。

「自分は平和主義者だから国会にデモをかけても九条は堅持したい。それなのに違憲の自衛隊は日本にいて欲しいし、日本は米国の核の傘《かさ》に守られているのだから、北朝鮮も中国も滅多《めった》なことはやってこないだろうと口にする市民とかリベラル派の論客は結構いますよね」

田中が苦笑いしたところで、大原が割り込んだ。

「それで、ダメだったのか？　きみのライター仲間は？」

「ああ、私が大本命と思っていた奴はここのところバイトが入っているとかで、一週間も空けることはできないようです。次に当てにしていた奴は連絡が取れませんので、またかけてみます」

「何とか口説《くど》き落としてくれよ」

大原がいったとき永瀬のスマホが鳴り出した。永瀬が二人に背を向け、小声で話し出したので大原は話を戻した。

「だったらなぜK電機を潰せないんですか」

「ええと」田中は視線を一回転させてから口を開いた。

「色んなことが言われていますが、少し調べてみたくらいではどれも確証が持てません。何しろあの〝郵政民営化命《いのち》〟だった元総理までが原発ゼロにしろとアドバルーンを打ち上げているわけですから、推進派も脱原発派もすっかり核分裂を起こしている」

「Kさんに会えたら冥土《めいど》の土産にそこんところを話してくれますかね」

「ひどいな。死ぬと決め込んでいる」

田中が冗談めかして言ったとき、永瀬が大原の肩を小さく叩《たた》いた。

「二番手が来週からならやってもいいといっているんですが、ギャラの前払いをお願いできないかと」

「間違いなくやってくれるのか。やらないまま『現われませんでした』っていわれてもチェックのしようがないんだから」

「真面目な奴ですし、現地まで自転車でいけるといいますから、タクシー代の分お得ですよ」

「来週からじゃなくて、今夜からやってくれないか。こっちは一日でも早い方がいいんだ」

永瀬はスマホに語りかけ、数言話してからまた大原を見た。

「今夜はダメですが、明日からならできるそうです」

「ちょっと電話を代わってくれないか。注意してもらいたいこともあるんだ」

永瀬がスマホを渡した。

「大原といいます。よろしくお願いします」

——はあ。友田《ともだ》です。

「いま永瀬君からお願いした件ですが、先日、ぼくがその家にいったとき、うっかり塀を乗り越えようとして、コサムに通報されて警備員にひどい目にあったんですよ。ですからあなたも怪しまれないように、近くの住人の振りをして家の前をゆっくりと往復するような形で見張るのがいいと思います」

——そうします。

「それから一応、奥さんの今住んでいる場所が分かるまで最大一週間、七日間までお願いしようと思いますが、もし一日とか二日で見つかっちゃったらどうしましょう」

——……。

相手は言葉を呑《の》んだ。一日で夫人の住まいまでたどり着けても、こっちへの報告は七日目まで引き延ばして七日分のペイをもらうようにしたいだろう。

「どう？」と永瀬にも小声で訊《き》いたが、永瀬もすぐには答えられない。

「分かりました。あなたの自己申告ということでいいでしょう。一日で見つかっても七日かけて見つからなくても、一応、毎日結果をご連絡ください」

――はい。

「とりあえず三日分、ええと三万六千円を前払いしますが、それでいいですね」

振込口座は永瀬君に教えておいてくださいといってスマホを永瀬に戻した。

「気前いいな、大原さん、一日で見つかるかもしれないのに三日分を払っちゃうんだ」

田中がいった。

嘘つかれても仕方ないですよ、そうしなきゃ、やる気でないでしょうから、といいかけてやめた。田中とだって似たようなシチュエーションになることもあるのだ。

「二十時から二十六時までで一万二千円だと時給二千円でしょう。それほど美味《おい》しい数字でもないでしょう。この辺のキャバクラだともっと出すらしいですよ」

二百万円までは自腹を切ると決めたら覚悟が据わった。

2

これから「ビジネスウォーズ」の次号の特集原稿を依頼するライターと会うという永瀬を喫茶店に残して、大原と田中は西口の高層ビルに急いだ。

最近、急激に支店を増やしている個室懐石の店に席を取ってある。

永瀬と田中の話に熱が入って時間がぎりぎりになっていた。

「あいつ、生意気ですね」

高層階に登るエレベータの中で冗談めかして田中がいった。さっきまで枯葉のように生気のなかった顔に艶《つや》が戻っている。

「そうでしょう、往生してますよ」

「でも、大原さん亡きあと、ああいう奴がモノになるかもしれない」

「亡き後って、私を殺さないでくださいよ」

約束の時間の五分前に店の暖簾をくぐるとき田中がいった。

「私はこんないい席に呼ばれたことがないな」

「田中さんだって最初の顔合わせはいいところでお願いしたじゃないですか」

和服が似合わない若い仲居に案内された部屋にはまだ先方の姿はなかった。上座の席を空けて大原は田中と並んで座った。運ばれた茶に手を伸ばす間もなく外から声がかかった。

「お連れさんがお見えです」

大原がすぐに立ち上がったが、田中は腰を下ろしたままだ。

自分より十歳ほど年長に見える男が、しっかりした足取りで入ってきた。ダークスーツに縁なしメガネ、長いこと腕利きのビジネスマンをやってきた雰囲気が全身から漂っていた。

「お忙しい所をお呼び立てしまして恐縮です」

きっちりと挨拶し空いた席に座らせてから大原は名刺を差し出した。相手はちらっと田中に視線を投げていった。

わたし、名刺は失礼させてもらいます。口の中に籠る声だった。

「ああ、間違いなく京桜テックの夏目《なつめ》さんですよ。私が保証します」

すぐ生ビールが出てきた。乾杯の真似事《まねごと》をしてから田中が口を切った。

「夏目さんは京桜グループの最も良心的な一人です。本来は十一階へ行かれる方でしたが、ターゲット経営を推進する経営陣に諫言《かんげん》をして今の立場になられたんです」

十一階は役員室のあるフロアだが、そう持ち上げても夏目の表情は緩まない。

「例の京桜からの内部告発が『東経ビジネス』にやたらに掲載された時期、夏目さんが『東都新聞』の私宛てに手紙をくれたのです。なんでも私の記事の視点が気に入ったということで」

大原は早く本題に入りたくなっていた。

「さすが東都一の辣腕《らつわん》、田中記者ですね。それで夏目さんは京桜テックからしっかり観察されていた京桜電機の惨状を田中さんにお話しになったんですね」

惨状！　田中が大原をからかうように笑った。

「夏目さんはそういう視点から事態をご覧になっていませんよ。もっと大所高所から京桜電機を憂《うれ》えてられた」

「失礼しました。私もぜひそういう視点からご覧になった事態の構図を教えていただきたいと思って、夏目さんにご無理をお願いしたんです。田中さん、ぜひよろしくお願いしますよ」

夏目がどう出るか分からないので、しばらく田中に任せようと思った。

田中が夏目に語りかけた。

「お話ししましたように、大原さんは『ビジネスウォーズ』の辣腕編集長でして、以前、その雑誌で北畠大樹会長のインタビューもされているのです。そのときに感じた北畠像と、今回の事件が起きてからメディアが伝える北畠像があまりにもかけ離れているのでショックを受けて、もう一度、ジャーナリストの原点に立ち帰って京桜電機と北畠さんを捉えなおしてみようという試みを始められているのです」

編集長でもないし自分の今の心境を正しく説明もしていないが、訂正するのはやめた。

「そのインタビューは見たような気がするな」夏目の声が少し軟らかになった。

「彼が一番輝いている頃のものでしょう」

「そうでした、そうでした」

大原が語調に合わせた。

「大本命だった彼の社長就任がＰＣの不振で遅れたんだけど、たった一年でＶ字回復させて自分の力で社長をもぎ取ったとマスコミが褒《ほ》めちぎった頃でしょう。その辣腕に社内でもみんな舌を巻きました。私もその一人でした」

「今度のことが起きてからメディアは皆あのＶ字回復こそがターゲット経営の先駆けだと伝えていますが」

「ターゲット経営は私が入社する前に臨調の親分になった経営者の時から始まってい

るんです。ご存じでしょう」

大原はうなずいた。臨調の親分とは、十代ほど前の京桜電機の社長で、臨時行政調査会の会長となった須郷良夫《すごうよしお》である。

「ただしあの時のターゲットは営業目標ということで、企業ならどこでもやる当たり前のものでした」

「北畠さんから当たり前じゃなくなったのですか」

ふうむ。小さく唸《うな》って夏目はジョッキを口に運んだ。少し表情がほぐれてきた。上唇の泡を吹き飛ばしてから口を開いた。

「企業が経営計画を立てて、それを踏まえて企業のどこかの部署がスタッフに目標を割り振る時、どこまでが当たり前でどこからが道を踏み外れているというのを線引きするのは難しいんですよ」

もう一度、夏目を引き込むようにうなずいた。まったく当たり前の目標とまったく外れている目標なら分かりやすいが、その中間は分かりにくい。ここを追求しても禅問答になってしまうだろう。いったん話を逸らせることにした。

「一番輝いていたというのはその後、北畠氏の輝きが褪《あ》せていったということですか」

夏目が視線を宙に泳がせると、田中が、「さあ、話ばかりでなく少し食べましょうよ」と夏目にいった。夏目は箸《はし》を手にしたが、それを宙に浮かしたまま話を続けた。

「PC部門のV字回復の後に、今度の粉飾決算の元凶といわれるNP社の買収が続きましたね。高値摑みともいわれましたが、本当に高値かどうかは何年も、いや十年以上は経《た》ってみないと分からんでしょう。それより当時は、日本の企業が原発業界では世界最先端の企業の買収に成功したという決断力、実行力の方が評価されて、彼の輝きはいっそう眩《まぶし》くなったんじゃないでしょうか」

「そうでした、そうでした」

大原が力を入れて相槌《あいづち》を打った。当時京桜電機のライバル「陽光《ようこう》製作所」の社長がパッとしなかったので、その対比でも北畠の輝きは燦然《さんぜん》として見えた。

「だったらどこから色褪せてきたんですか？」

「鈴木さんに社長を譲った後、彼にその鈴木さんを御しきれないと皆が気付き始めたときからじゃないかと思いますね」

夏目のビールのペースが速くなってきた。

「あの記者会見を見たでしょう」

何のことを言っているのか、一拍おいてから気づいた。NP社の買収で北畠が脚光を浴びたときから一気に年月が飛んでいる。北畠が鈴木を自分の後継社長に選んだが、その鈴木の専横ぶりが目に余るということで、鈴木の後継社長は田辺永夫を就けた。そのお披露目の記者会見で北畠と鈴木が互いを口汚く罵り合ったのだ。

「あれは前代未聞の記者会見でしたね」

田中が愉快そうに割って入ると夏目が放り出すようにいった。

「あのとき彼はもう正気じゃなかった」

当時の資料をくり返し読み込み、大原の脳裏にすでにくっきりと書き込まれているこんな話をいつまでも続けているつもりはなかった。聞きたい話に舵《かじ》を取ろうとした。

「北畠さんはどうして正気を失ったんですか」

「さあ、色々憶測《おくそく》はできますが、私はあの時はもう電機にはいませんでしたから」

「夏目さんのようにずっと電機の中にいらっしゃった方が、少しそこから距離を取って広い視野の中で電機を観測されていた。その時の憶測こそ真実を言い当ててるんじゃないでしょうか。一番ぴんとくる憶測から順に教えてください」

ああ。夏目のジョッキが殆《ほとん》ど空になっているのに気付いた田中が注文してくれた。

「一番は鈴木さんの狂気が北畠さんにも伝染《うつ》ったというか、鈴木さんの狂気には北畠さんも狂気じみないと対抗できないというか、それがあったんじゃないかな」

「なるほど」

鈴木は部下に対して上がりを子分からむしり取るヤクザの親分のような姿を見せた。それをたしなめようとすれば北畠も行儀よくはしていられなかった。メディアで山ほど伝えられた情報を素直に解釈すればそうなる。

「そんなに鈴木さんはひどかったですか」

「北畠さんは社長にしてはいけない人を社長にしたんです」

聞きたい方向に話が向かい始めた。

「どうして北畠さんはそんな選択をしたんですか？」

「社長になったらそれなりの器になるだろうとか、自分がちゃんと指導するからとかいろいろ言っているようですが、そんな不安材料がありながら彼を選んだのはやっぱり原発でしょう」

「ＮＰ社ですか」

「ＮＰ社だけだったら北畠さんと社内の原発プロパーでもできたんでしょうけど、原発部門を旺盛に率いていくには鈴木さんの並外れたパワーが要ると思ったんじゃないですか」

「なぜそんなに原発に入れ込んだんですか」

夏目は苦笑を浮かべていった。

「もう調べはついているんでしょう」

「素人の思い付きばかりですよ」

「どんな思い付きですか?」

笑われそうで恥ずかしいですなといって大原は口を開いた。

「世紀が変わった頃から温暖化を防ぐために二酸化炭素排出の規制がいっそう強くなり、世界中で原発の見直しが始まり、それまで控えていたアメリカでもイギリスでも原発の増設が検討されてきた。一方で中国やインド、ロシアなどではすさまじい勢いで増設が計画されている。日本の重電は陽光製作所も千代田重工もそして京桜電機もこの広大な市場に参加せずにはおくものかと熱くなっている」

喉《のど》がひりついて渇くような緊張を覚えたが続けた。

「それを政府も、つまり自民党政権はもちろん、〇九年にそれに取って代わった民主党政権も全力で後押しをしている、だったら原発に入れ込んでも失敗することなどない、入れ込まないほうがバカで臆病《おくびょう》だ……、とこんな所ですかね」

夏目が箸をおいて拍手をした。

「さすが『ビジネスウォーズ』の編集長ですな。コンパクトにしっかり理解されている」

今やだれでもがそう思っている構図を口にしただけでいなされては、何のために自腹でこんな席を用意したのか分からなくなる。

「それで」と大原が本題に水を向けた。

「京桜電機は御社自ら主体的に買収に乗り出したのですか？」

「主体的とは？」

「少し乱暴な推論を申し上げますが、NP社の原発は当時、イギリスの英国核燃料会社に売られていた。ところがイギリスでも持て余して売りに出すことになった。〇三年頃、電機では会長だった石黒大造《いしぐろたいぞう》さんが強力な力を持っていた。彼が最初に飛びついたことは間違いないと思うのですが、彼にそんな判断材料はないでしょう。経団連会長になりたかった石黒さんといっそう霞《かすみ》が関《せき》で覇権を握りたかった経産省が気心を合わせて、京桜電機がNP社を買収するという絵を描いたんじゃないですか」

夏目が面白そうに目を丸めた。石黒とは、北畠を社長に引き上げてくれた二代前の社長で財界などで多くの役職を勤めた実力者である。

「それで？」

「京桜電機と千代田重工は経産省に焚《た》きつけられて、どちらも本気になって頭から突っ込んでいったから、高値になっても身を引くことが出来なかったというのが真相でしょう？」

「だとすればなぜ角紅《かどべに》は身を引けたのですか？」

ガツンと頭を殴られた気分になった。それが土壇場になって降りたのだ。当時、総合商社の角紅が京桜電機と共に出資者に加わっていた。その事実が頭から抜け落ちていた。つまりあの時点ではまだＮＰ社を買うことから降りるという選択があったのだ。

大原に代わって田中が聞いた。

「どうして最初の想定の倍の価格で落札しても採算が取れると思ったのですか？」

「それだけ需要があると思ったのでしょう。北畠さんや鈴木さんが記者会見でそういう見通しを話しても、正面から非難する人は誰もいませんでした」

「ちょっと話を整理させてください。原発に大きな可能性を見出して、鈴木さんのパワーと実績を見込んで後継者に選んだ、しかし鈴木さんは社長の器ではなかった。凄まじいパワハラを全社に繰り広げて業績的にも組織的にもめちゃくちゃにしてしまった。そこで北畠さんは子飼いの田辺さんを送り込んで鈴木さんを棚上げにした。この人事の背景には石黒さんがいたんですよね」

「ええ、彼が人事委員会を握っていましたからそれができました。名誉職コレクターの石黒さんも京桜電機がしっかりしていないと経団連会長が水の泡となってしまいますから、鈴木さんには頭を痛めていたのです」

田中が鯛《たい》の刺身にしきりと箸を伸ばしている。公知の事実を長々と確認していても退屈なのだろう。大原は内心で田中に言い訳をしていた。

(聞きたい話の前提を確認しないわけにいかないだろう。ここからきみが退屈しない話に切り込んでいくよ)

「その人事を発表する記者会見で日本屈指の優良企業の会見にはあり得ない醜態が曝《さら》されて、世間は度肝《どぎも》を抜かれました。それから一年半後に、京桜電機の誰か、仮にX氏といっておきますが、X氏が証券取引等監視委員会にまず原発などインフラ工事に関わる工事進行の不正を暴く告発状を送った。それから間もなく今度はパソコン部門での粉飾決算を暴く告発状が送られた。これはいかにも鈴木原発派と北畠PC派とがチクリ合戦をしたように見えるのですが、夏目さんはどう思われますか?」

夏目の頬《ほお》の輪郭が一瞬固くなったように思えた。夏目はジョッキを手にして軽く揺らし泡を立ててから口に運んだ。答えにくい質問だったのかと思ったとき口を開いた。

「監視委員会からは、どこにも何の情報も漏れてきていないのですよ。監視委員会がわが社を開示検査したから、何か情報をつかんだということは確かですが、誰がどんな情報を持ち込んだかについては、監視委員会以外の人間には分からない。色んなジャーナリストとかメディアがもっともらしく書いていますが、それは起きたことからざっくり推測しているだけで、今あなたがいった順番だって逆を推測している有力なジャーナリストもいます」

たしかに大原も両方の記事を目にしている。

「夏目さんからご覧になってもまったく藪《やぶ》の中なのですか」

夏目はまたジョッキをゆっくりと口に運んだ。大原はその隙《すき》にまだ一切れも食べていない刺身を数切れ箸でつまみ口の中に放り込んだ。

「きちんとした証拠という意味では藪の中といっていいですが、数人にまでは絞れたのではないかと」

「その数人は把握されているのですか?」

「私にそこまでの情報が漏れてくることはありません。数人にまでは絞れたようだと京桜電機の旧友から聞かされただけです」

「その旧友を教えていただけませんか？」

「それは無理ですよ」

夏目は大原にではなく田中にいった。大原は夏目の視線を自分の方向に奪い返した。

「どうやって数人にまで絞ったのですか？」

「うちの偉大なる第二人事部ですよ」

「第二人事部？」

「京桜電機はこのかん毎年かなり大量の人員削減をやってきました。それを担当する部署を本来の人事部に附置したのです。いわばリストラ部隊で、情け容赦なく相当乱暴なこともできる部隊です。彼らが証取に告発状を送りそうな社員をリストアップして、一人ひとり会議室に呼び入れて、磨きに磨いた脅したり透かしたりの腕を振るったというのです」

「告発状を送りそうな社員？」

「開示検査をされた時に、検査員がどういう資料に着目しているかが分かるでしょう。それならその資料に手を出せる立場の人間が絞れるじゃないですか」

「なるほど」

「その中から今度は、上司にターゲットを与えられたとき、さらにはターゲットが未達でこっぴどくやられたとき、どんな反応を見せたかで、ある程度告発の可能性があるかないかを区分けすることができる。その調査で絞り込んだ奴を呼び出してあらゆる角度から質問をぶつければおのずと容疑者、いや告発した奴は浮かび上がってくるでしょう」

大原は息をのんだ。言われればすぐにありうることだと思ったがこれまで想像もしていなかった。

「それで数人にまでは絞れたのですよね。そこまでいけば犯人までいけるじゃないですか。夏目さんにまで漏れてきてなくても、電機の幹部や第二人事部は把握しているのですね」

「多分そうだと思います」

「多分？」

「把握した直後に、彼らは引責辞任に追い込まれましたから、彼らにとってはもうそいつらを追及する意味がなくなってしまったのです。だから把握したまま放置してあるのじゃないですかね」

忌々しそうに言って夏目は三分の一残っていたジョッキを一気に空にした。

3

大原は禁じていたタクシーを使ってしまった。

夏目との席を終えてから田中に誘われてもう一軒寄ることになった。新聞記者と飲むと適当なところで止められなくて終電を逃すことがよくある。

足音を忍ばせ静かに玄関のかぎを開け、水を飲もうとリビングのドアを開くとソファに人影があった。

あっと思わず声が出た。消え残った小さなオレンジ色の光の中にいたのは知子だった。いつもならとうに寝ているはずだ。

「どうした？」

「ごはんは済ませているんですよね」

息を切らしてそういい、返事を待たずに部屋を出て行こうとする。

「顔、どうしたんだ」

頬《ほお》に痣《あざ》のようなものが見えた。

「ああ、ちょっと」と掌《てのひら》で頬を覆《おお》いリビングを出て隣の寝室に行こうとする。聞きただすかやり過ごすか、一瞬迷っていると、二階から足音と共に声が降りてきた。

「もう話したらいいじゃない」

美咲だった。知子が足を止めた。美咲は階段を降り、目の前の知子の肩に手をかけた。

「話したらいいって、何なんだ」

美咲が知子を見てから口を開いた。

「拓也が半年くらい前から学校に行っていないの」

言葉の意味がすぐに頭に入らなかった。知子の肩を抱いた美咲は、父親が理解するまで視線をそらさず待っている。

「辞めたのか？」

美咲が首を振った。

「ならどうして？」といいかけたところで理解した。

「不登校なのか？」

美咲がうなずいた。腕まくりした美咲の二の腕にもひっかき傷があるのに気付いた。

「どうして？」

大原は子育てに殆《ほとん》ど時間を割いてはいないが、拓也とはたまに近くの空き地でキャッチボールをしたり、サッカーボールを蹴った覚えはある。不登校などという言葉を思い浮かべることなどまったく必要のない子供だった。

「話した方がいいよ」

知子の耳元でささやくようにいって美咲は知子をリビングに誘った。

L字型のソファの三人掛けの所に母娘が座り、一人掛けのところに大原が座った。しかし知子は唇を結び、口を開こうとしない。照明を全部点《つ》けたので知子の痣がくっきり見える。

「どうしてそんなことになったんだ」

知子は口を開かない。美咲がいった。

「ああいうの、理由ははっきり分からないんだよ。最初は時どき行かなかったのが、だんだんと頻繁《ひんぱん》になってずっと行かなくなっちゃったの」

「お母さんに聞いているんだ」

「そういう風にいうからお母さんだって話せないのよ。お母さんのせいってわけじゃないんだから」

美咲の反抗的な口調に驚いた。自分に喧嘩を売っているようだ。

「誰もお母さんのせいだなんていってないだろう。事情を聞いているだけだよ」

「だから事情はいま言った通り」

「お前はお母さんじゃないんだから、子育てはお母さんのテリトリーなんだからお母さんに聞いているんだろう」

「やめてください」知子が大原の言葉を遮《さえぎ》った。

「どうしてそうなったのか、よく分からないんです。いじめがあったということでもないみたいですし、勉強についていけないってこともないし」

いつの頃からか、真面目な話になると知子は大原に丁寧語で話す。

「理由がなくて不登校になるわけないだろう」

「だから今日はよくよく問い質そうとしたら急に怒り出して……」

「それで二人ともその痣と傷か」

うなずきはしなかったが態度が肯定していた。

「拓也はいまどこにいるんだ」

二人は顔を見合わせた。

「おれから聞いてみる。おれに暴力を振るうこともあるまい。二階か」

二階には美咲の六畳間と拓也の四畳半と大原の書斎がある。

「ちょっと待ってください。あなたはまだ経過もよく知らないし、闇雲に聞こうとしても、心を閉ざすだけですから」

「それじゃ経過を話してくれよ」

「その時ごとに色んなことがあって、あっちにぶつかりこっちにぶつかりして今になっているのに、まとめてなんて話せませんよ」

「もっと前からおれに話していれば、おれもリアルタイムで把握していたのに」

「あなたは仕事に全力を注ぐから、家のことはわたしに任せるといってたじゃないですか」

「不登校みたいな非常事態の時はおれだって協力するさ」

「でも今日の今日はまずいわよ」

「おれだっていつも時間があるわけじゃない」

「もう二時過ぎですよ」

「今までやりあっていたのだろう」と知子の痣をあごでしゃくると、知子が言葉を失った。

　リビングを出て階段を上り始めた。とにかく話を聞こう。酔いで力の入らない足で階段を踏みしめながらそう思った。

父親と息子なら母親との間で通い合わない言葉も飛び出してくるだろう。ついこの間まで公園でキャッチボールをしていたのだ。

足が進まなくなった。見下ろすとすねのあたりを美咲が抱えるように抑え、その後ろから知子がいった。

「お父さん、今はダメよ」

大原は手を振り払おうと足に力を入れた。それ以上力を入れると美咲の顔を蹴るかもしれないところで辛うじて力を抜いた。

「お前たちがそんなに弱腰だから拓也がわがままになるんだ」

「そういうことじゃないんですよ。あの子に起きていることは」

「だからどういうことか聞くんだろう」

「そんなに酔っているんだし、明日にしてください」

「酔ってなんかいないさ。明日は朝から仕事がある」

「だからあなたは仕事の人なんでしょう」

美咲との競り合いは大原が勝って足が自由になった。大原は階段を上っていく。

おれが拓也と話し合えば何か道が開ける。きちんと働きかけても開かれない道なんてないのだ。

中ほどまで上ったところで上から何かが落ちてきた。大きなバランスボールだった。以前から拓也がこれを使っていたのは知っていた。軽いからダメージを受けることはないが、これを落とした者は自分の進行を妨げようとしているのだ。

見上げると階段を上りきった所に拓也が立っていた。

「拓也」

幾つかのモノが次々と落ちてきた。バスケットのボール、縄跳びの紐《ひも》、ぎっしり詰まったティッシュの箱、野球のグラブ。グラブを手で受け止めた。しなやかな手応えに覚えがあった。

「拓也、やめなさい。これを使って拓也とキャッチボールをしたことがある。お父さん酔っているんだから、おっこって怪我するよ」

見上げた知子の頰の痣が階段ライトでくっきりと見えた。

大原はグラブを、見下ろしていた拓也の顔に投げつけた。当たる前に拓也が手で薙《な》ぎ払った。グラブは勢いよく跳ね返り、大原は避けきれず額の辺りを直撃された。

いてぇ。

「何をするんだ」

大原は手すりをつかんで階段を一気に駆け上がった。酔いはどこかに吹き飛んでいた。上がったところに拓也はいなかった。部屋に逃げ込んだのだ。ノブに手をかけ、左右にひねったが開こうとしない。

「おい、開けろよ」

内側から鍵をかけたのだろう。

「拓也、開けろ」

大原はドアを蹴った。何の応答もない。もっと強く蹴った。足の裏にドアを蹴破りそうな感覚があった。

「あなた、やめてください。そういうことをしてもダメなんですから」

知子の後ろの廊下に美咲がしゃがみこんでいた。肩で大きく息をしている。その腕のひっかき傷によく似た傷が、いつの間にか自分の腕にもついていた。

4

ソファに座り込んで啞然《あぜん》としていた。

まさか、という言葉が体中でこだましていた。

知子との仲はいつの頃からか、遠く水臭いものになっていたが、人間的にも母親としても信頼できる女だとは思っていた。

「山上証券」が倒産して、最後までその処理に付き合った大原が、仕事のないまま金融恐慌の殺伐《さつばつ》とした世間に放り出されたとき、茫然《ぼうぜん》としていた自分を支えてくれたのは知子だった。

仕事がない状態に、茫然としたわけではない。信頼していた同僚や先輩が次々と人間的に許せない振舞いをし、遁走《とんそう》したことに茫然としていたのだ。

共に終戦処理に関わった少数の仲間や先輩は信頼できたが、多くの人々がわが身かわいさの信じられない行動をとった。

若かった。いまならそのひと言で片付けられるものが吹っ切れなかった。知子の方が大人でリアリストだった。背信の人々にショックを受けることなく、それが人間だと飲み込む大きさを持っていた。

その知子が育てた息子が不登校に陥り、母親の頬に痣を作り、姉に傷を作り、父親の頭にグラブを投げつけた。

「あなた、何かあったんですか？」

ふいに知子にそう問われて、とっさに答えてしまった。

「拓也があんなものを投げてきたから、頭に来たんだ。父親を一体、何だと思っているんだ」

　知子は力なく微笑んだ。

「わたしも最初の三ヵ月はあなたと同じことをくり返して、次の三ヵ月は違うやり方をしてみたけど、また戻ったりと……」

「どうしてあんなことになったんだ」

「担任の先生や、ああいうことの専門家にも訊いてみたりしたんだけど、はっきりしたことは誰にもわからないんですよ」

「拓也は何といっているんだ」

「自分で説明できるようなら軽傷ですよ。拓也も苦しんでいるんです。苦しんでいるから周り中に八つ当たりして、それでまた苦しみが深くなっている」

「きみが物わかりが良すぎるから、あいつ、甘えているんじゃないのか」

「ひどい」

　と美咲がいい、さらに大原を非難しようとしたのを知子が切り替えた。

「あなたが物わかり悪くやろうとしたら、色んなもの投げつけられて部屋に閉じこもっちゃったじゃないですか」

「三ヵ月あればなんとかできるさ。でも今日の今日じゃ難しい」

「さっき誰かが同じことを言いませんでした？」

「……」

「それなら三ヵ月、あなたにバトンタッチしますので拓也を救ってあげてくれます？」

「三ヵ月もバトンタッチされるのは無理だ。おれには仕事がある」

「一日や二日で拓也は変わりませんよ」

三ヵ月丸まるおれが前面に立つのではなくて、おれが方針を出してきみが前に立つようなやり方が取れないのかとか、おれのほうで頼りになる専門家を見つけるから二人で相談してみるのはどうかなどの思いが脳裏をよぎったが、大原は口を閉ざした。

そんなやり方がうまくいくはずはない。結果責任を取るものが戦略を練り、戦術を立て、兵員を駆り立てて闘わなくては勝利は得られない。拓也のことで責任者となるのは知子なのだ。

急に口を閉ざした大原に知子が語りかけた。

「さっきあなたに何かあったんですかと聞いたのは、会社で何かあったんですかということですよ」

「どういう意味だ？」

「あなた、前に仕事が変わったんだといったけど、そういうことじゃないですよね」

知子の傍らに座っていた美咲が今までと違う光の宿った視線を大原に向けている。

「仕事が変わったんだよ」

「そういうレベルじゃないでしょう」

確信に満ちた口調だった。

「どういう意味だ」

「そのことを話したあの日、あなたはあの時と同じ顔をしていましたから」

「あの日？」

岳人夫人に「編集委員」への異動を内示され、「天元」に寄って岸田と愛野と飲んだ日のことだ。

「あの時ってのは、いつのことだ？」

「それは二十年も前のことですよ。会社がなくなる三日前、会社を整理するための事務をすべて終えて家に帰ってきた、ああこの家じゃなくて、前の家のことですけど、家に帰って来た時のことです。あなたは空っぽになっていた」

「馬鹿いえ」

「まあいいですけど、仕事が変わったというなら、すごく変わったんでしょう」

知子の眼力に驚いた。

「二十年前と違ってすぐに元気を取り戻したみたいだけど、事情だけは訊いてみたいと思いまして」

「なぜ突然、変なことをいうんだ」

「あなたは仕事で私は家のこととときちんと線を引いていたはずなのに、あなたのほうが突然、わたしの守備範囲に侵入してきたから、わたしもいいのかなと思ったんです」

「きみの守備範囲って、息子が不登校を起こしたなら、おれの守備範囲でもある」

「生活費を半減するってことを提案されたんですから、仕事もわたしの守備範囲に関わってきたということでもあるでしょう」

「拓也の不登校ほど大きな変化ではないさ」

「そうですか、それならいいんですけど」

急に自分に近づいてきた知子がふっとまた何かの陰に隠れてしまった。

6章　遮断《しゃだん》

1

資料室への階段を上るとき人が動く気配を感じた。上の階からかすかに空気の揺れが伝わってくる。

案の定、会長兼社長室のドアが開いて夫人が出てきた。

「おはようございます」

大原が開き直って声に力をこめると、夫人もいつもと違う調子で応じてきた。

「ああ大原編集委員、ちょうどいい所であったわ。ちょっと社長室に来てくれる？」

嫌な予感がしたが断るわけにはいかない。

「社長、社長。大原編集委員を呼んできましたよ」

ドアを開けながら弾んだ声でいい、睨《にら》み付けるように大原を振り返った。

岳人社長のデスクがあったところに新しいデスクが置かれ、そこに座っていた隼人が接客用のソファの前に出てきた。

「大原さん、ご苦労様です」

ソファに手を差し伸べて座るように促し、自分も座った。夫人は隼人の隣に並べられた小ぶりのデスクに座りこんだ。

人事が発令されて以来、隼人や夫人とのやり取りは、二階の編集部のフロアで済ませているので、この部屋に入るのは初めてだった。

隼人の趣味なのか夫人の好みなのか、両側の壁に明るい色調の抽象画が架《か》けられていた。デスクの後ろのガラス扉のある本棚も白を基調としたものに替えられ部屋の印象が一変していた。

「きれいになりましたね」

「ええ、前社長の趣味は古色蒼然《こしょくそうぜん》としていましたからね」

「隼人社長」デスクから夫人の声が飛んだ。

「このあとお客様が見えるんでしょう。世間話をしている暇はないんじゃないですか」

ああ、怒られちゃったというようなおどけた表情を見せて隼人がいった。

「ちょっとお尋ねしたいのですが、大原さんはいま京桜電機のことを調べているんですか」

「はあ?」

どうしてそれを知っているのだ? とっさにそういう疑問が浮かんだ。二階のプリンターで「京桜電機」関係の資料を幾つもコピーしているから、二階でそのことを知っている者はいるかもしれないが、何故《なぜ》隼人の耳にまで入っているのか? 誰かがご注進に及んだのだろうか? ふと玉木の顔が頭をよぎった。

「何を調べているのですか?」

「まあ、世間を騒然とさせた派手な事件で、『ビジネスウォーズ』でも何度か取り上げましたが、ご承知のようにいつも見切り発車で記事を書いていました。一体、私の書いた原稿のその先の真相はどうだったんだろうか? という疑問をずっと持っていました。今回、新しい肩書をいただいたので、その疑問をとことん解いてみようと再取材を始めたのです」

「どの部分の真相を解こうというのですか?」

「証取にタレこんだのは誰なのかとか、NP社の買収価格がなんであんなに高値になっちゃったのかとか、知りたいことはいくらでもありますよ」

「ぼくも前からそれは疑問に思って……」

「隼人社長」

またデスクから夫人の声が上がった。

「はい、はい」隼人の声にかすかに自嘲《じちょう》の響きが混じった。

「大原さんは北畠会長のご自宅を訪問したりしていますか」

「どういうことですか？」

「現在、誰か若いフリーライターにでも頼んで自宅を見張らせたりしていますか？」

「ええと、どうして、そのことを、尋ねられているのか……」

頭の中にあった玉木の像は消えた。あいつがそこまで知っているわけがない。

「もしそういう事実があるなら、すぐにやめていただけませんか」

「どういうことでしょう？　京桜事件の真相に関心がある人は今も少なくありませんか。うまくいけば『ビジネスウォーズ』の大スクープになるかもしれない」

隼人は固い口調で切り出した。

「大原さんはご存じなかったのかもしれませんが、京桜電機は当社のスポンサーなのです」

「広告を掲載したことは一度もなかったはずですが」

「ひと握りですが、そういうスポンサーもいるのです。前社長と中森会長と、京桜電機の某有力者とのご縁で〝表には出ない〞という条件で購読契約だけは結んでいただいているのです」

「北畠さんですか？」

「それは申し上げられません」

そういうスポンサーがいることは岳人から聞いたことがあるが、会社名まで教えてもらってはいない。

「先方から、厳重にそういう申し入れがありまして、わが社としては応じざるを得ません。その若い人だけではなく、もちろん大原さんにも北畠家を張り込むことはいますぐにやめていただきたいのです」

「そもそも」デスクから夫人がいった。

「ちゃんとした取材をする場合でも相手の許しも得ずに留守宅の塀を乗り越えるってのは犯罪ですよ」

そこまで知っているのなら玉木ではない。コサムから北畠夫人に報告がいき、それが京桜電機に伝わったのだろうか？　ふっと別の可能性が浮かびかけたとき、夫人が二の矢を放ってきた。

「それでその若い人は、今も北畠家の見張りをしているんですか」

反射的に時計を見て、「いいえ、今は」と答えると、夫人が高飛車にいった。

「今はって、この時間てことじゃないのよ。昼でも夕方でも夜中でも北畠家を張り込んだり、京桜電機を張り込んだりすることは、今後一切やめてください。もしあなたがその若い人と何か契約でもしているんだったら、即刻キャンセルしてください」

大原は小さく唇《くちびる》をかみしめた。

「なんですか、その顔は。嵐出版社にとって、大原君のどんな記事よりスポンサーが大事なんです。スポンサーがいなくなったら会社は潰《つぶ》れちゃうんですよ。会社が潰れたらみんな暮らしていけなくなるのですよ。あなたのお給料の一部だって京桜電機のご協力からまかなっているのですよ」

唇に血の味がするのに気付いてあごの力を抜いた。

「大原君はそこが分かっていないって前社長はいつも愚痴《ぐち》っていたのよ」

「前社長は、経営のことはおれに任せて、お前はいい記事を書けっておっしゃってくれていまして……」

「だから前社長もあなたを放置していたことは後悔していたっていったでしょう。さあ、いますぐにその人に見張りの打ち切りを伝えてちょうだい」

舌の先でもう一度、血の味を確かめてからいった。

「分かりました。すぐに連絡はとれませんので、今日中に必ずキャンセルを伝えるようにします」

「自分で依頼した人と今すぐに連絡が取れないってことはないでしょう」

「間に紹介者が入ってくれていますので」

「おかしいわね、お互いにすぐに連絡を取って相談したいことだってあるでしょうに。それなら今すぐにその紹介者に伝えてちょうだい」

「会長」隼人が夫人を遮《さえぎ》って大原を見た。

「今日中には間違いなくその人に伝えられるんですよね」

「ええ」

「それなら京桜電機にはそう伝えて、しばらく待ってもらいますから、必ずお願いしますね」

「分かりました」

資料室に入り、ドアをぴたりと閉めてからスマホを取り出した。

呼び出し音三つで相手が出た。

「ああ、永瀬君」

——どうも。

ここに来る前に二階に永瀬の姿がないことは確認してある。電話をかけてもあの二人や社内にいるかもしれないスパイに気付かれることはない。

どうも、とひと言聞いたとたん考えていなかった言葉が出た。

「永瀬君、今日どこか会社の外で会えないかな」

——何事ですか。

「例の友田君の件だけどちょっと問題が起きてね」

——どういう問題ですか？

「ちょっと込み入っているんで悪いけど三十分でいいから会えないかしら？」

——午後一番で一度会社に戻りますよ。

「その時おれは出ているんだ」

用事もないのに外出しなくてはならない。夫人や隼人や玉木の気配がない所で永瀬と話したいのだ。

——夕方六時から新宿でY先生と打ち合わせですが、その前の三十分だったらいいですよ。

「分かった。そこに割り込ませてくれ。会うことは内緒にしておいてくれるかい」

――どうしてですか？

「だから込み入っているんだ。それも話すよ」

2

ドアを開けると、先日、田中と会った奥のテーブルに永瀬の姿があった。テーブルの上に資料らしきものを拡《ひろ》げてその上に屈《かが》みこんでいる。声をかけずに前に坐《すわ》ってからいった。

「そうやって黙っているとやり手のビジネスマンに見えるな」

「喋《しゃべ》ればもっと見えるでしょう」

「今は何をやっているんだ」

「大阪製鋼の強度改竄《かいざん》事件の件ですよ。日本企業は今や腐臭を発し始めているのかって切り口でやるつもりなのですが、もう時間ぎりぎりで……」

「佐伯君にしごかれているのか」

「佐伯さんも、大原さんに負けまいと張り切って二課を取り仕切っていますからね」

「張り切り過ぎても逆効果なんだよな」

「意識していますね」

「馬鹿いえ」

コーヒーを頼んで話を切り出した。悟られないように表情の隅々まで凝視《ぎょうし》していた。

「友田君に頼んだ北畠夫人の張り込みだけど、打ち切りたいんだ」

「え、どうしてですか？」

本当に驚いているように見えた。

「社長に、京桜電機からクレームが来たので止めてくださいっていわれたんだ。京桜電機はうちの有力スポンサーらしいな、初めて聞いた」

「よく前回の特集はやれましたね」

「あのとき京桜は混乱の極みにいたし、何よりも前社長が元気だった」

「どこから京桜電機に伝わったんでしょう」

「それなんだよ。もし北畠夫人がコサムから報告を受けて京桜に申し入れたのなら、夫人と連絡が取れても北畠さんにつないでもらえないことになる」

「ですね」

「夫人は介入していなくて、コサムから直接の報告だってことなら、夫人ルートが塞がっているとは限らない。いまとなってはそれを願うしかないけれど、とりあえず友田君のほうは打ち切らないといけない」

「あいつの携帯は知っているでしょう」

「きみが間に入っているんだからきみに仁義を切ろうと思ってね。そのほうがきみも顔が立つだろう」

「そんな立派な顔じゃないんですけど」

内心を透視するような目を向けていたが変わった様子はない。こいつがスパイではないのだ。

ふいに携帯を取り出し喋り始めた。

「ああ、お疲れさま。いまどこ？」

チラッと大原に視線を投げた。

「だろうと思った。悪いけどさ、うちの大原から依頼した件なんだけど、ちょっと事情が出来ちゃって、打ち切りにさせてくれないかな。ああ、今日から。ええと、どうだろう、ちょっと待って下さいよ」

大原に訊《たず》ねた。

「もうあの屋敷に向かう態勢になっているというんですけど、今日のバイト料は発生しませんよね」

前払いの三日分を一日はみ出している。今日からは一日ごとに振り込むことにしてある。

「どうしたらいいと思う？」

「向かう態勢だけじゃ、発生しなくてもしょうがないと思いますけど、友田、いまえらい貧乏だから少しでも出れば喜ぶと思うんですけど」

「分かった、じゃあ、半分払うよ」

永瀬が顔をほころばせた。

「聞こえた？　大原さんが半分払ってくれるってさ」

電話を切って永瀬がいった。

「悲鳴のような声を上げて喜んでいましたよ」

「彼は喜んでもおれは悲しいよ。北畠夫人から北畠さんへというルートが閉ざされたら、辿《たど》りつきたい真相に辿りつけん」

うーむと永瀬がため息を漏《も》らした。

「どうしたら京桜サイドに気付かれないように北畠さんにアプローチできるか、きみに何かいいアイデアはないかね」

「北畠家ルート以外に思いつかないですよね」

「もう一つ病院直《ちょく》のルートが考えられるけど、具体的な方法を考えるとこっちの方がもっと難しそうだ」

「北畠さんの腹心の部下でもどこかにいないんですか。そういう人がいたらルートがつながるかもしれない」

「腹心か」

先日、田中に紹介された夏目は腹心からは程遠かった。世の中に広く知られている腹心は北畠の次の次の社長の田辺永夫だが、これは病院を突破するよりもっと難しいだろう。

二人の話はそこで途切れた。二人ともいい考えなど持っていないのだ。

テーブルに広げていた資料を束ねて鞄《かばん》に入れながら永瀬がいった。

「この話だったら会社でもよかったじゃないですか」

「いや、さっきの件だけど、きみと友田君が会社の電話ででも話していたのが、佐伯君とか玉木さんの耳に入って、そこから会長か社長へということもあるかもしれないと思ってね。だとすれば会社では話せないだろう」

「昨日の昼ごろ一度、友田から会社に電話がありましたけど」記憶を探るように永瀬の黒目が動いた。

「バイトの中身が分かるような話をしたかな？」

「会社の電話か？」

「いえ、私の携帯でした。電話を受けてぼくはすぐに廊下に出てあいつと少し話して……」

「どういう話をしたんだ」

「見張りの状況ですよね。契約した時間帯は人通りがあまりないので退屈で死にそうだとか、だからもし北畠夫人がやってくれば見逃すことはないだろうとか」

「きみ、北畠さんの名前を出さなかったかい？　あるいはK駅とか北畠家を連想させる言葉を」

永瀬は記憶を探る表情をするだけで言葉を発しない。

「おれにはね、玉木さんの動きがなんだか怪しく見えるんだ。おれが編集委員なんかにされてから、おれの情報源を譲ってくれないかとバカなことを要求してきたり、何かとおれのことを探ってくるんだ」

「いかにも、変ですね」

「夫人が玉木さんにそう指示しているんじゃないかと思うんだが、情報源なんて譲れんだろう。相手は情報ロボットじゃなく、おれとの人間関係そのものなんだからな」

「そういえばこのあいだ佐伯さんとぼくとが玉木さんに呼ばれて、会長に取材の経過を報告させられましたよ」

「何の」

「だからさっき言った大阪製鋼ですよ。玉木さんが音頭を取って報告をさせて、会長からは大所高所からご意見をいただきました」

「大所高所のご意見？」

永瀬は苦笑しながらいった。

「いま弊社は危急存亡の時だから頑張ってくださいね、といわれました。早急に隼人体制を確固たるものにしたいという会長の気持ちが露骨過ぎてびっくりですよ」

「夫人はおれのことを何とか早く叩き出そうとしているけど、隼人君はそうでもないんだよな」

「ええ」

「隼人君が夫人より力を持って、おれに『ビジネスウォーズ』に戻ってきてくれということになったら、玉木さんや佐伯君に、あ、きみにも申し訳ないな」

「そんなことないですよ」

即座に否定した永瀬の口調がわずかに乱れたような気がした。

「それじゃ、ぼくY先生と打ち合わせしてきますから」

そういって立ち上がるのを狙い澄ましたように永瀬の携帯が鳴った。

「はい」大原に背を向けて話を始めた。しばらく小声でやり取りをした後、椅子に腰を下ろした。

「予定変更か？」

「ええ、前の取材が長引いているそうで、二時間後にしてくれということです」

閃《ひらめ》くものがあった。愛野に会わせてみよう。大原は愛野がたまに口にする人間評に舌を巻くことがある。永瀬をどう評するか？

「きみ、その二時間、どうするんだ？」

「どうしましょう？　資料調べの続きをやろうかな」

「この近くにおれと前社長がよく行っていた碁会所があるんだが、きみ、囲碁に関心ないのか」

「この間、世界のトッププロが、アルファ碁っていうＡＩに負けたでしょう」

「知ってんじゃない」

「囲碁の実戦はまったくの初級者ですが、囲碁よりＡＩに関心があるんです。近いうちに『ビジネスウォーズ』で何かＡＩ絡みの特集をやってみたいんです」

「それなら行ってみようよ。アルファ碁の話もできるしたまに凄《すご》い経営者も来ているぞ。おれと前社長はそれが目的でそこへ行っていたんだ」

永瀬を外で待たせて勘定を払い終えた大原は、店内で一本電話をかけた。

3

「あら、オーさん、いい子ね」

大原にいつもと同じ声をかけた愛野が、後ろに付いてきた永瀬にさり気ない視線を向けた。

「あら珍しい。イケメンを連れているじゃないの」

「これはうちの永瀬君、将来うちを背負ってくれる有望株だよ」

「若いのにそういうオーラが漂っているわ」

愛野は客に合わせて自然な嬉《うれ》しがらせをいくらでも口にできる。

大原は永瀬の分の席料も愛野に手渡し奥の席に陣取った。茶を持ってすぐに愛野が来て、「どのくらいでお打ちになるんですか」と尋ねた。

「本人はまったくの初心者だといっているけど、どうだかな。それに例のアルファ碁には関心があるようだから、無理に引っ張ってきた」

「それじゃあたしと打ってみます？　ＡＩの囲碁のお話もしながら、ええと、永瀬さん？　永瀬さんの『天元』での棋力を判定して差し上げましょう」

喫茶店を出る前の電話は愛野に宛《あ》てたものだ。「ちょっとうちの若いの連れて行くから人物鑑定してくれない」「最近やっていないのよ」「さっと眺めてくれるだけでいいよ」

あたしと打ってみます？　と声をかけられた永瀬は大原を見た。

「やってごらんよ」

永瀬は隣の席に移りその前に愛野が座った。

「星目風鈴《せいもくふうりん》だな」と大原がいった。「星目風鈴」とは下手があらかじめ十三個の石を置くことをいう。これが囲碁の勝負で最大のハンディである。

「九つよ、うちじゃ九つ以上は置かないの。途中で解説してさしあげますからそれでやりましょう」

永瀬が提案にうなずいて九つの黒石を盤上に並べた。

永瀬に頭を下げて愛野が最初の白石を打った。永瀬は定石通りの一手で応じる。愛野が次々と標準的な手を打っていくが、永瀬も定石の本に出てくるような手で応じていく。大原は永瀬は自分で言ったより強いのだと分かった。

「いまのところダメな手は一手もないわ」

「この辺までは昔、祖父に教わったんですよ。でも小五で祖父が亡くなってからはほとんど打っていませんから」

やがて定石ではカバーしきれないところに差しかかってきた。永瀬は小考をくり返しながら黒石を置いていくが、少しずつ見当違いの手が出てくる。

(考えてもダメなんだよ)

大原は肚《はら》の中で思うが口にはしない。この辺りは定石といえなくとも定型がある。それを知らずに自分で考えて定型に至るには、相当の棋力が必要なのだ。

「ああ、そこじゃないのよ」愛野がいった。

「そこに打つと二つの石が切れてしまうでしょう。切れたらどっちかが死んじゃうわ。二つの石をつながないと」

「そういうことか、……それならこれでどうですか」

「そうかな?」

「ああいけね」打ち下ろした石を取り上げ、すぐに「こっちか」と打ち直した。

「惜しい」

「ああ、分かった、ここだ」

「あたりい! 永瀬さんでしたっけ、永瀬さん、筋がいいわね」

愛野が初心者を教えるのが巧みなのは以前から知っていた。しかしいつにもまして熱が入っているような気がした。熱に応えるように永瀬がいった。

「ママさん、囲碁が上手でおきれいなだけじゃなく、お世辞も上手なんですね。大原さんがひいきにしているのがよく分かります」

「ママをおきれいだなんていうのはお前だけだよ」

「照れなくてもいいのよ。オーさんだっていつも言ってくれているじゃないの。それでせっせと通ってくるんでしょう」

三十分足らずで勝負は終わった。大原くらいの力量になると考慮する時間が長くなるので一局に一時間はかかるが、初心者は考慮するだけの力を持ち合わせないから短く終わる。

「小学五年生からやったことがないというにしちゃ強いじゃないですか」

「ごくたまにしかやったことがないということで」

結果は永瀬がホンの少し勝ったということになった。教える側からすれば一番いい結果である。教わる側は相手がわざと負けていると察しても勝てばいい気持ちになりまたやりたくなる。しかし大原はこれまで愛野がそんな配慮をするのを滅多《めった》に見たことがない。

「ママは若い男が好きなんだから」岸田がふと漏《も》らした愚痴《ぐち》を思い出した。これがそうなのか。その目で永瀬を見ると男っぽい、いける風貌にも見えてきた。

愛野は盤面を埋め尽くした石を取り除き最初から指導をしようとし始めた。

他の席から声がかかった。

「ママ、こっち放っておき過ぎじゃないの」

「すぐ終わるから」

「すぐって、もうそこで一時間はやっているじゃないか」

「大げさね。正味《しょうみ》二十分しかたっていないでしょう」愛野は腰を上げ、どちらにともなくいった。

「それじゃお二人さん、また後でお願いします」

「私は間もなく失礼しますから」

「そうなんだ。永瀬君はこの後うちを背負う仕事があるんだよ」


愛野がほかの席に移ってから、二人は隣席で高齢者が打っていた勝負を見物した。大原には下手過ぎてつまらないが、永瀬はたちまち勝負に引き込まれている。長いこと離れていた囲碁の魅力を急速に思い出しているようだった。

その勝負が終わった時、大原がいった。

「おれと打つかい？」

「いやあ、また次回お願いします」

「そうだ、きみは若いんだからのめり込まない方がいい。囲碁は麻薬だ」

「大原さんは囲碁の依存症なんですか」

「おれは先代が倒れてから一年半は断つことができたんだから軽症だな。ほんとうの依存症の奴は、会社勤めも上の空で碁会所に入り浸っている」

「それは大原さんがガクト社長に依存症だったということですよ」

何かが胸に突き刺さった。依存症ではない、しかし五十嵐岳人が持つ人間的な魅力が、漂流していた三十二歳の自分を救ったことは間違いないだろう。

岳人の人間の幅は大原には把握し切れないほど広かった。多くの経営者や政治家と一筋縄ではいかない関係を持っていた。大原がその場面をしかと見定めたことはないが、とんでもない連中に脅《おど》されていた経営者や政治家を救って金にしたこともあるようだ。

そうでいながら岳人は、確固とした自分の羅針盤を持っているように見えた。「ビジネスウォーズ」で取り上げる事件の構図をどう切り取るか、社内の記者にも外部の記者にもひと目で方向性を与えることができた。

山上証券の上司や同僚たちに裏切られた大原の苦悩など、岳人の大きな視野の中のホンの片隅の出来事でしかない、そう気づかされたことで大原は漂流から救われたのだ。

「名残惜しいですが、ちょっと野暮用があるので失礼します。また教えてもらいに来ます」

永瀬が愛野にお上手をいって「天元」を後にした。

部屋の真ん中で常連の相手をしていた愛野の手が空いたのを見極めて大原は「幽玄《ゆうげん》

の間」に移動した。

先客は椅子にもたれかかって居眠りをしている長老格の客だけだった。

すぐに追いかけてきた愛野がいった。

「何よ。人物鑑定をしてって」

「電話でいったろう。おれは今周り中敵だらけなんだ。あいつだけは今でもおれの腹心て顔をしているけど、今の情勢からいってそんなはずはあるまいって気がしている。……気を許していいかどうか」

「あたしにそんなこと、わかるはずがないでしょう」

「おれは長いこと天元に通ってきて、愛野がまわりの人を一筆書き的に評する眼力を高く評価しているんだ」

「囲碁の打ち方で見ているだけよ」

「あいつ、どうだった？」

「あれだけ初心者だと分かりにくいのよね。初対面のあたしよりオーさんのほうがちゃんと見通しているんじゃないの」

「遠慮しなくてもいいよ」

目を閉じている長老格の顔をちらっと見てからいった。

「オーさんとは逆のタイプね。だから腹心という関係になれたのかも」

小さくうなずいた。

「マナーはちゃんとしているわよ。待ったもしないし、石を盤に置く作法もきれいだわ」

そう言ってから愛野がふっと首を傾けた。

「どうした？」

「いま気付いたんだけど、彼、石音を立てないで打つのよね。あれってこの十年くらいでようやく日本でもマナーとなってきたんだから、小学五年以来打っていないとなると矛盾しているわ」

ああ、と大原も思い出した。永瀬は摑《つか》んだ石を音を立てずに盤上に置いた。最近では誰でもがそう打つから気にしなかったが、十年前は「パチン」と音を立てて打つ方が多数派だった。二十年も前ならほとんどの棋士がそうだったろう。

「彼、最近も打っているんじゃないの」

「だとしたら、どうして、おれにそういわないんだ？」

「オーさんに誘われるのが嫌だったりして」

返事が出来なかった。だとすればおれの腹心であるはずがない。大原の顔が曇ったのを見て愛野がいった。

「たんにハードルを下げただけかもしれないし」

長いこと打っていないといっておけば、みっともない碁を打っても言い訳になる。

「そうだとしても、ありのままの自分を見せないタイプってことね」

「ママのことをおきれいっていってたな」

「あの子、幾つ？」

愛野は四十くらいまでを「子」ということがある。

「三十二、三だと思う」

「その年であんなことをいう子、ここには三年に一度くらいしか来ないわ」

「それで？」

「少なくとも女慣れしているってことよ。それでお調子者か図々しい」

「ババア殺しができるな」

「誰がババァよ」

「愛野のことじゃなくて、うちの会長のことだよ」

「あんなの殺してどうするの」

「いまやわが社の最大の実力者なんだ」

「だらしないわね、オーさんが殺したらどうなのよ」

「おれにゃ、ババァどころかどんな女も殺すことは無理だ」

「そうでもないわよ。さりながオーさんのこと素敵っていっているわ」

「今度、来る時ケーキでも買ってきてやるか」

「ああ、キッシーと比べてだった」

「その話はいいから」愛野を遮って話を戻した。

「あいつは今でもおれの腹心のふりをしているが、ママにはそう見えたか」

愛野は黒目勝ちの目を見開いた。

「そんなこと、あたしに聞くんだ」

「だからいったろう、ママの眼力を信頼しているんだ」

「信頼なんかしていなかったでしょう。一年以上も来なかったくせに。オーさんは誰も信頼なんかしていない、ああ、仕事にはすがりついていたかな」

「馬鹿いえ、ママと社長は信頼していた」

「そうかしら？　オーさんにとってガクト出陣は仕事そのものだし、あたしだって、囲碁は半分仕事みたいなものでしょう」

「囲碁は、ぜったいに仕事じゃない」

「ガクト出陣と仕事関係の人、連れて来ていたし、ガクト出陣は〝囲碁にはビジネスの教えがいくらでもある〟といってたじゃない。オーさんもだんだんとそういうようになっていった」

「仕事じゃないんだよ」

「じゃあ、なに？」

「もっと純粋なもの、なんというか宇宙の法則を発見する手がかりのようなモノさ、だから愛野はさしずめ巫女《みこ》だな」

愛野は噴き出した。しばらく笑ってから問うた。

「仕事は純粋じゃないんだ」

「当たり前だろう。権謀術数なんでもありさ。手が後ろに回らないことと自分の美学を損なわないこと、それだけが法だな。ママだってそうやっているじゃないか。さっきはそれを永瀬に見抜かれた」

「幽玄の間」のドアを外から叩かれた。さりなが額をガラスに付けて口の形だけで何かをいっている。

「ああ、変なこと語り合っちゃったね」

愛野は立ち上がって部屋を出て行こうとした。その背に声をかけた。

「あいつは腹心のふりだったか」

「あれだけじゃ分からないけど、腹心ってことはないわね」

分かっていたことなのに軽い失望があった。

「だって、オーさん自身が腹心なんて信じていないんですもの。そういう人に腹心はできないわ」

７章　結跏趺坐《けっかふざ》

ドアの前に厚い座布団を敷き、結跏趺坐という座り方をしていた。胡坐《あぐら》に近い形になるが、両方の足を深く組んで足首をそれぞれ両腿《りょうもも》の上に置き、両手は掌《てのひら》を上に向けて両足首の上に載せている。目は半眼にしている。座禅を行うときの基本的な座り方に自己流を加えてある。

山上証券の整理の任務に駆り出された迷走の日々にこれを見つけ、心の平静を保とうと何度かやってみた。その後、何か大きな課題にぶち当たり迷いの中にある時、心を空にしてその中に解決の道が拓かれるようにとこの姿勢になっている。期待したような道が拓かれなくても、いつも自分の中で何かが前に進む。

北畠大樹に連絡を取ってはいけないと社命が出た今、どうしたらいいだろう？　それが課題の一つだった。

こっそりと連絡する方法をなんとしても探すべきなのか？　それとも編集委員とし

て好きなことをやってもいいといわれたターゲットを別に設定すべきなのか？

しかしここでターゲットを変更するような軟弱では、設定し直したターゲットもまた捉えることができないのではないか、という考えが脳裏から消えない。

もう一つの課題はこのドアの向こうにいる拓也だ。

あの日以来、数日間迷いの中にあったが、拓也と一度、ゆっくり話してみようと心を決めた。美咲と拓也の子育ては知子に任せたつもりだったが、これはそうはいかない。

知子に話すとたちまち反論された。

「子育てはわたしの責任なんでしょう」

「今度のことは、きみだけに任せるのは父親としてまずいだろう」

「いままでだって、まずいはずのことにもいつもあなたは目をつぶっていました」

「いままでのこととは次元が違う」

「一日やそこらであの子と話すなんてとても無理ですよ」

「二日かかっても三日かかってもいいよ」

「わたしは半年、色んなことをやったのに今の状態なんですから」

「今の状態がどういうものなのか、おれ自身で知りたいんだよ」

「わたしのやりかたが信頼できないというのですね」

「そうはいわないよ」

互いの内心を探るような言葉を幾つも交わしてから知子が投げ出すようにいった。

「二日でも三日でも話せないと思いますけど」

「二十日でも三十日でもやってみるさ」

「そんなに時間が取れないでしょうに」

「取れるだけ時間を取って、それでもどうしてもだめなら仕方ない」

大原は子育てでもプロジェクトとしての進め方は仕事と同じだと思っている。思いつく限り可能な限りの手を尽くして結果が得られなければ諦《あきら》める。「人事を尽くして天命を待つ、さ」岳人はいつもそういっていたが、いつの間にか自分もそう思うようになり、周囲にいうようになった。それ以上、説得力のある方法論に出会ったことはない。


十二時ちょうどに知子が部屋の前に置いておく食事をとるために、拓也は一度、ドアを開けると知子から聞いた。それ以外にはトイレに行くために一日数回部屋を出る。夜中にどこかに外出することもあるが、それは曜日も時間も決まっていないという。

そこで朝の十一時からここに座り始めてもう小一時間が経《た》つ。といっても時計を持っていないからただの体内時間感覚だ。座禅に時計は邪魔になる。

何度かドアの向こうで拓也が動く気配がしたが姿は現わさない。自分がいるのを察知してトイレまで我慢をしているのかもしれない。

こっちから部屋のドアをこじ開けないほうがいいと思っている。

不登校というテーマでは何をするにも無理矢理はご法度なんだ。相手の動きを待つ、相手が動き出すような自然な働きかけはこちらからする。三十年以上も前、世間を騒がせた「戸塚《とつか》ヨットスクール事件」の時からそう思っている。中学生だったはずの自分がなぜそう思ったかは覚えていない。

「無理矢理」いつの頃からかこれが嫌いだった。

たぶん母親が教育ママだったせいだろう。その分父親は放任してくれていたので、両親のチームプレイには隙《すき》があり、自分は窮屈な思いをしないですんだ。

教育ママにも放任にも人生を左右されなくなった社会人五年目に二人とも相次いで亡くなってしまった。そのとき、もう少し長生きしてくれれば親孝行もできたのにという思いが頭をよぎった。

半眼の視界に足音を忍ばせ階段を上ってきた知子が入った。運んできたトレイの上に、どんぶり飯と味噌汁《みそしる》、ハンバーグと目玉焼き、ほうれん草の胡麻和《ごまあ》え、皮をウサギの耳のように切ったリンゴがあった。

目を開いた大原と視線が絡んだが、知子は言葉を発することはなく大原も何もいわなかった。

知子の動作に合わせて大原が少し移動したその後に知子はトレイを置いた。ドアを開けるとすぐにそれを取れる位置だ。

知子がまた足音を忍ばせて階段を下りて行った。降り切ると同時くらいにドアが細目に開いた。ごつい手がまず出てきてトレイを持ったが、その幅ではトレイが通らないので空きを拡げた。

その時、ドアの隙間に顔の半分が現われた。視線はトレイに落とされていたが、大原の膝《ひざ》を舐《な》め一気に上に向けられた。大原の顔を認めた瞬間、あっと呻《うめ》きトレイを落とし、手が引かれドアが閉められた。ガチリと大きな音がした。

トレイの中で椀《わん》が倒れ味噌汁がこぼれた。あわてて椀を起こしたがもう遅かった。

汁も豆腐と油揚げもほとんどがトレイの中にぶちまけられた。

頭の中に考えが駆け巡った。拓也はもうおれがここにいるのを知ってしまった。おれを避け続けるのなら昼の食事はとれない。避け続けるだろうか？

「母さん」トレイをつかみ階段の半ばまで降りて小声で言った。

「味噌汁がこぼれてしまったんだ。お代わりを持ってきてくれないか」

「どういうことですか？」

大原よりもっと小声で知子が応じた。

「おれがいるのに驚いてトレイを落としたんだ。これじゃことが始まらないからもう一回持ってきてくれないか」

「だからいったじゃないですか」

「こっちのハンバーグもほうれん草の胡麻和えも、ぜんぜん無事だ。ダメなのは豆腐と油揚げの味噌汁だけだよ」

キッチンに引っ込んだ知子が別のトレイを持ってやってきた。その上に味噌汁椀が乗っている。

「ドアを開けたら、お父さんが部屋の前で座禅を組んでいちゃ、たくちゃんだって驚くでしょう」

「たくちゃんか」

苦笑が漏《も》れた。

「あなただってずっとたくちゃんて呼んでたじゃないですか」

まさか、といいかけて言葉を呑《の》んだ。拓也を最近、どう呼んでいただろう？　中学校に入った頃まではたしかたくちゃんと呼んでいた。その後は拓也と呼んでいたつもりだったが、呼ぶことがなくなっていたかもしれない。

トレイを部屋の前に置いて知子は階下に降りていき、大原はまた結跏趺坐を組んだ。

拓也だってすぐにはドアを開けて父親の前に置かれた食事を手にする覚悟は決まるまい。それまでは自己流の瞑想《めいそう》を続けよう。一石二鳥だ。

瞑想といってもヨガなどで追求されている本格的なものの中身はよくは知らない。自分では瞑想とは〝心を空っぽにする〟ことであると思っている。心を空っぽにすれば自分にとっての本当の課題が浮き上がってきて、それに続いて本当の解決法が見つかるのだ、心を空にするために、無理に何も考えないようにすることは逆効果だと知っている。心に浮かんだ思いは次々に流せばいい。

拓也のことはすぐに頭から消えた。

その代りに永瀬が浮かんだ。愛野は永瀬が自分の味方なのか敵なのかよく分からないといった。それが当然だろう。

あなたのすがりついたのは仕事じゃなくてガクト出陣でしょうといったときの姉ぶった口調が耳元に蘇《よみがえ》った。

自分より三歳下のはずだが、五十歳の男と四十七歳の女では精神の安定度が逆転しているのだろう。男は生まれつき女より不安定になる材料を沢山担わされている。社会でどれほど偉いかをいつも気にしていることがその最大のものか、シンプルにいえば男は見栄っ張りなのだ。そのせいでいつも自滅する危険性と隣り合わせを生きている。次に異性の問題がある。女は経済力さえあれば男がいなくても安らかに暮らせる。男はそうはいかない。もっと別の理由から女を必要としている。おれの放任の父も教育ママの母を必要としていたのだ。……二十代も半ばを過ぎて大らかに見えていた父が母を必要としていることが分かるようになったとき二人とも相次いで亡くなってしまった。

階段を上る足音が聞こえて半眼を開いた。知子だった。

「今たくちゃんから電話があったんですよ」

一瞬、拓也がどこか家の外にいてそこから知子に電話をかけたと錯覚しかけて、すぐに気付いた。拓也は目の前のドアの内側から階下の知子に携帯をかけたのだ。

「ドアの前にいる男をすぐに追い払ってくれだって、どうしますか？」

「おとこ、か」

「わたしがいったんじゃないですよ。目の前の部屋のあなたの息子さんがそういったんです」

咄嗟《とっさ》に立ち上がりドアをノックした。

「拓也、一度、お父さんと話さないか」

反応があるとは思っていなかったが部屋の中に耳を澄ました。

「絶対に怒ったりはしない。それは約束する。まずお前の気持ちを聞きたいんだ」

このコトバが届くとも思わなかったが、色んなジャブを入れて、どの角度のジャブが効くのか試してみるしかない。しばらく待ってからまた口を開いた。

「お前だっていろいろと考えていることがあるんだろう。一人よりは二人の方が考えが拡がる、あ、母さんもいるから三人で考えることができる」

知子は止めようとも励まそうともせず冷静に大原を見ている。もう一度ドアをノックして言った。

「お前はまだ十七歳で、未成年で、おれたちが保護者だ。お前が困ったときはお父さんとお母さんが助けなきゃいけないんだ。お前が社会人になったら全部、自分のことは自分で考えればいい」

階下から電話の呼び出し音が聞こえた。知子が慌《あわ》てて降りていく。また拓也が電話をかけたのだろうと思った。

穴が開けとばかりにドアを見つめていた大原は、ここまでかたくなに自分を拒否する拓也に軽い怒りを覚えていた。勝手に不登校なんていうちゃちな落し穴に落ちたくせに男を追い払えだと？

「あなた」階下から知子の声が聞こえた。「嵐出版社の五十嵐社長からですよ」

隼人に今日は休むと伝えてあるのに一体何事だろう？　そこから次々と疑問がわいた。なぜ自分の携帯ではなく家の電話にかけてきたのだ。なぜ家の電話番号を知っているのか？

すぐに気づいた。この部屋の前で座禅を組もうと決めたとき、自分は携帯の電源を切ったのだ。

大原は階段を駆け下りた。リビングルームのテーブルの上に子機が置いてあった。

「はい、大原です」

――お休みのところすみません。

「何か急用ですか」

――ええとですね。いま北畠夫人から大原さん宛てに電話がかかってきたんですが。

「え、ウソ」

中学生の女の子のような叫びを上げてしまった。

――本当です。それはきちんと確認してあります。

「何のご用件だったのですか」

――それは分かりませんが、今日は休暇を取っていますといいましたら、すぐに大原さんに連絡を取りたいので、携帯の電話番号を教えて欲しい、といわれまして。いま携帯に掛けましたらつながらないので、電池切れでもしているのでしたら、この家《いえ》電《でん》の番号をお教えしてよろしいですか。

どんな用事なのだろうと胸を高鳴らせながらいった。

「もちろんですよ。ちょっと携帯の電源を切っていたのですが、いま電源を入れますからこっちを教えてください」

「それじゃそうさせてもらいます」

電話を切ると知子が隣にいた。

「今の方が社長さんなんですか」

「ああ、息子が岳人社長の後継者となった」

「ちゃんとした方じゃないですか」

「いま大事な電話がかかってくるんだ。ちょっと静かにしていてくれないか」

知子は開きかけていた口を閉ざし階段に向かった。二階に行くのだろう。

ゆっくりと階段を上る足音が大原の耳に届いた。その耳は携帯の呼び出し音を待ち望んでいる。

「あら」と知子がいった。足音が小刻みに降りてきて、階段の途中で知子が腰を階下に曲げて大原に声をかけた。

「トレイがなくなっていますよ。こんなときはすばしこいんだから」

コトバの途中で携帯が鳴りだした。

「はい、大原です」

――大原史郎さんでいらっしゃいますか？

「はい、大原史郎でございます」

――突然、お電話を差し上げて失礼いたします。わたくしは京桜電機元会長の北畠大樹の家内でございます。

「はあ、いま弊社の五十嵐社長から連絡を受けまして、奥様からのお電話をお待ち申し上げておりました」

――先日あなた様が拙宅にお訪ねいただいたときに、郵便受けに入れられたお手紙を北畠に見せました。すると北畠が大原さんにぜひお目にかかってよもやま話をしたいと申しまして、わたくしはご連絡を取るよう申し付かりました。

「それはまことにうれしい限りです。いつでもどこにでもご指定の場所に飛んでまいります」

――場所と時間につきましては北畠と相談しまして改めてご連絡をいたしましょう。それまでしばらくお待ちください。

「はい承知いたしました。楽しみにお待ちしておりますのでどうぞよろしくお願いいたします」

五分足らずの電話の間に大原の身心は沸騰してしまっていた。どこかのスイッチがオンとなりメモリがマックスに振れていた。

「いつでもどこにでも飛んでいくんですね」

傍《かたわ》らに来ていた知子が皮肉っぽく言った。

「この二週間ほど首を長くしてこの返事を待っていたんだ」

「たくちゃんのことはどうするんですか？」

「これからも続けるさ。いつでも飛んでいくっていったって、今から来いっていうことでもないし、毎日来いってことでもないんだ」

大原は階段を上った。自然と足音が高くなったが、忍ばせようという気遣《きづか》いはどこかに吹き飛んでいた。

座布団がドアの前を塞《ふさ》いでいた。座布団の前にあったはずのトレイは消えていた。

座布団の上に座り込んでもう一度、結跏趺坐の姿勢を取った。足の上に手の甲を置いた。半眼になりゆっくりと呼吸をした。吐く息は深く吸う息は静かに。

体の中に充満している沸騰はまだ和らがない。和らぐはずがない。これを待っていたのだ。北畠大樹に会えば、今の自分の置かれた位置を変える何かが起こる。

どのくらいそうしていただろうか？　目をしっかりと開けた。座っていられる心境になれなかった。目の前にドアが迫っている。その向こう側に学校へ通うことのできない息子がいる。あいつの体の中にも何かが充満しているのだ。それがあいつを登校できないようにしている。

全神経をドアの内側に向けると、部屋の中で動いているのか、いやそれよりもっとかすかな気配のようなものが伝わってくる。

「拓也」と呼びかけていた。

「飯を食べたか」

ゆっくり時間を置いたが何の応答もない。

「何かいったらどうなんだ。お前だってこのままでいいとは思っていないだろう。何とかしないとお前が一番困るだろう」

言っている途中で後悔していた。こういう言葉が不登校の罠《わな》に落ち込んでしまった子供に届くことはないとどんな本にも書いてある。

また半眼に戻り、掌《てのひら》を足裏に載せ、深い呼吸をした。

「父さんな、会社で左遷されちまったんだ」

不意に口から出た。体の中で沸騰しているものが形を変えて溢《あふ》れだしたのだろう。

「先代の社長が亡くなって、その息子が後を継いだんだけど、たぶんベテランの父さんが邪魔になったんだな」

足を解いていた。

「今父さんは雑誌の担当を外されて、好きなことをやっていいということになっているんだ。簡単に言えば、もう何もしなくてもいいということだ」

部屋の中に気配のようなものがなくなった気がした。

「最初はめげたよ。お前は会社に必要ないからやめてしまえといわれたんだから。でも考えを変えた。自分で変えたっていうより昔からの友人のアドバイスもあって、考え方を柔軟にすることができた。せっかく好きなことをやっていいといわれたんだから、本当にその通りやってやろうと思ったんだ」

拓也の耳に届いているだろうか。

「いま二年前に起きた大きな経済事件の真相を取材しているんだ。何度か父さんの雑誌で記事にしたけれど、いつも締め切りに追われて十分な取材ができないまま、見切り発車で原稿を書いた。それでその事件の最重要人物に会おうと、あれこれ働きかけてみたんだが、なかなか連絡できなかった。どうしようかと途方に暮れていたんだけど、それがようやく道が開けそうだ。さっきうちに電話があったろう。あの電話はその最重要人物の奥さんからで、旦那《だんな》に会わせてくれるという話なんだ」

努力していれば道は開けるんだ、といいそうになってやめた。

ジャージのポケットの携帯が鳴った。北畠夫人だろう、すぐに電話に出た。

——大原さん、どうでした？

隼人だった。

「ああ、夫人からご連絡をいただきましたよ。すぐに北畠さんにご連絡をして面談の日程を決めてくれるそうです」

——あのですね。

言いにくそうに言葉が続いた。

——会長が北畠夫人のお申し出に不安を感じまして、京桜電機のしかるべきところに相談をしましたら、案の定、その話に応じるのはご遠慮願いたいということだったのですよ。

「しかるべきところ？」

——弊誌の購読を担当してくれている部署の責任者の方です。

「しかしその責任者より北畠さんのご判断のほうが優先されるでしょう」

——そういう理屈もあるでしょうけれど、いまや元会長は……、
言っている途中で電話の相手が替わった。

——あなたね。

夫人だった。

――北畠元会長はいまはまったく京桜電機とは関係のない人なんですから、元会長との交流については逐一《ちくいち》ご相談くださいという申し入れを、京桜電機からされているんですよ。

「京桜電機とまったく関係ない人なら、その人がOKといわれたら京桜電機からストップをかけられないんじゃないですか」

夫人は一瞬、返答に詰まったが、すぐに切り返してきた。

――そのしかるべき人の申し入れに従おうというのが当社の判断ですので、大原編集委員が当社に所属する以上、その判断に従ってもらいます。もう当社に所属する気がないというのなら、辞表を書いてもらいます。

今度は大原が返答に詰まる番だった。

嵐出版社に居座って、今まで中途半端にしてきた事件の取材をとことん追及してやろうというのが、自分の決断だった。

諸々の既得権や立場が削り取られてはいるが、まずまずの給料だけではなく都心にオフィスとデスクが与えられ、PCも資料室も自由に使える環境を、夫人の横暴に頭に来たからといって、手放すことはない、そう自分にいい聞かせ続けてきたのだ。

──いいですか。大原君が京桜電機の元会長に会うつもりなら、その前に辞表を書いてくださいね。当社としてはその事を即刻、しかるべき人にお伝えして、当社には何の落ち度もないということを理解してもらいますから……。いいですね。

すぐに返事ができない。

京桜事件が起こって間もなく幾つかの記事を書いたが、まったく自由に書けた。京桜電機からのクレームはなかった。だから京桜電機が「ビジネスウォーズ」のスポンサーなどと思いもしなかったのだ。岳人社長が間に入ってそれをシャットアウトしてくれていたのだろうか？

──いいですね。

「はあ」と答えた。こうなったら向こうから首を切られるまで時間稼ぎをしようという思いが頭に浮かんでいた。

──申し訳ありませんが、よろしくお願いしますよ。

いきなり隼人の声に代わっていた。

「はあ」といって電話を切った。切ったとたん階下から知子の声がした。

「あなた、北畠夫人からお電話です」

反射的に立ち上がり、階段を駆け下りた。知子が持っていた子機をもぎ取っていった。

「大原です」

「北畠の家内ですが、先ほどは失礼いたしました。その件ですが、主人が明日には退院しますので、その次の日、お昼過ぎに自宅のほうにいらしていただけないかと申しておるのですが、いかがでしょうか？」

「ありがたいですね」

反射的にそう言葉が出てしまった。その先の言葉を続けようと思う間もなく、「それではよろしくお願いいたします」と電話が切られた。子機を握ったまま唖然《あぜん》としていた。

会うつもりなら、その前に辞表を書いてくださいね。

岳人夫人の声が脳裏によみがえった。

会うことになったのだから、明日じゅうに会社に辞表を届けなくてはいけない。会社を辞めれば、生活費を知子に渡せないことになる。

もう一つ、もしこの取材がうまくいって、これまでどのメディアも明らかにできなかった真相を探り当てたなら〈経済事件コールドケース〉とでも銘打って、「ビジネスウォーズ」に掲載してもらう可能性も考えていたが、それもダメになる。

「どうしたんですか？」

「北畠さんが会ってくれることになった」

「よかったじゃないの」

「まあな」

「よくないんですか」

「そんなことはない」

会社に辞表を出さなきゃいけないといわれたんだとは言えなかった。黙ってやってしまうしかない。

今度は向こうから招待されるのだから礼儀正しく訪問すればいい。近所を騒がせてコサムのスタッフに気付かれて京桜電機に報告される心配もない。

気を付けて取材を進めていれば、真相記事を公にするまで、京桜電機にも和子・隼人母子にも気付かれずに進めることができるだろう。

しかしもし気付かれて京桜電機にスポンサーを降りられたら、いくらの損害が発生するのだろうか？　年間百万円ほどか、それとも京桜電機は特別なスポンサーで、もっと多いのだろうか？　それに一年分では済まないだろう。その損害をおれが弁償することを求められるのだろうか？

金縛りにでもあったように、体中がなにかに締め付けられるような感覚に捉われた。百万円の数年分などおれにはとうてい負担出来はしない。

子機を知子に渡し大原は両手も階段について二階へと上がった。知子の隣にいたら何かとんでもないことを口にしそうな気がした。

もう一度、座布団の上に座った。結跏趺坐を組もうとしたが、バランスを崩して倒れかけた。

北畠と会えることになったのにそれを諦めることなんて絶対にできない。しかし数百万円の賠償金が降りかかって来るなら到底払えない。

座禅を組んだってこういうリアルなテーマで何かいい解答をひねり出せるとは思えなかった。結跏趺坐を組むのをあきらめ、足を伸ばしてドアを蹴った。

思いがけずに大きな音がして驚いたが、勢いに任せてもう一度蹴った。

「どうしたんですか」

階下から声と共に知子の足音が上ってきた。最後のひと蹴りを知子に見つかった。知子はドアと大原の間に割って入っていった。

「何をしているんですか」

答えようとしたが息が荒くなって声がスムーズに出なかった。ひと呼吸ふた呼吸して息を整えた後思いがけない言葉を口にしてしまった。

「わが家には貯金がどのくらいあるんだ」

「はあ？」

「貯金だよ」

「何を急に変なことをいい出して」

「おれの仕事がのるかそるかの大勝負になってきた」

「はあ？」

「京桜電機事件の本当の真相をおれの手で明らかにすることができるかもしれない」

「それは素晴らしいじゃないですか」

「凄《すご》い金が必要になるかもしれない」

「そうですか」

知子は大原の言葉を受け流そうとした。

「だから貯金を聞いたんだ」

「そんな素晴らしい記事が書けるのなら会社で出してくれるんじゃないですか」

「その会社から要求されそうなんだ」

「そんなおかしなこと。会社のお仕事なんでしょう」

「おれはいま会社とも闘っているんだ」

「下に降りましょう」

拓也に聞かせたくないというのだ。大原は降りたくなかった。

「社会に出ればどこに敵がいるか分からないいんだ。敵と出会ったときに闘わずにシッポを巻いて逃げていたんじゃ、自分の生きる場所がなくなる」

「わかりましたよ、ねえ、降りましょう」

知子は顔をしかめ大原の手を取って立たせようとした。

大原はそれを振り払って知子の手をほどこうとした。どうした弾みか知子はバランスを崩して廊下に倒れ込んだ。

ふわふわと倒れただけなのに、たたらを踏むような大きな足音がたった。ひどいと、知子は大げさな悲鳴を上げた。

大原は慌てて知子に手を差し伸べたが、それをかわして階段を下りて行った。大原も後に続いた。

部屋に入ると知子がいった。

「あんなこと、拓也の前でいわなくてもいいじゃないですか」

言葉が浮かばずソファに座った。

「あなたは闘えても拓也はまだ十七歳なんですから」

「…………」

「学校に行けないってことを抱えているだけで精一杯なんですから」

8章　第二人事部

1

自然と足音を忍ばせて周囲をうかがう視線になる。

もしかしたら京桜電機が北畠の屋敷の周囲に見張りを配置しているかもしれない、という懸念が頭から去らない。

高い塀《へい》が見えてきた。塀に絡まる蔦《つた》の緑が豊かに色濃くなっている。煉瓦《れんが》の門柱にはめ込まれた郵便受けに、今日はＤＭの束が差し込まれてはいない。

木製の広い門扉の傍《かたわ》らにくぐり戸がある。中ほどのノブに手を伸ばして左右にひねると、するりと開いた。

あらかじめ電話で伝えていた「二時ちょうどに参りますので、くぐり戸の鍵を開けておいてください」を忘れていなかったのだ。そう依頼したとき「あらどうして？」

と夫人は問うた。「京桜電機が私がお話を訊《き》きに行くことを警戒しているようなのです」「まあ、スパイ映画みたいね」夫人は愉快そうに笑った。

体をくぐり戸の内側に滑り込ませ、周囲からの視線が届かないところに立つとようやく体の力が抜けた。

「いらっしゃい」

突然、背後から声がかけられ、飛び上がらんばかりに驚いた。

振り返ると深紅の薔薇《ばら》の花の中に週刊誌で見たことのある北畠夫人が立っていた。薔薇の花に負けない華やかな笑みを浮かべていた。

「この度は乱暴なお願いをお聞き届けいただきありがとうございます」

「乱暴なんてことはありませんことよ。入院してからは北畠も望んでいたことです」

それに、といって夫人は言いよどんだ。

大原はその先の言葉を待って体の力を抜いた。

「あなたが信頼がおけそうな人だと妹が言ったので、あの手紙を取り次ぐ気になったのよ」

「妹さん」

「ドゥユア、ベリイベストなんて差し出がましいことを申し上げたようですけど」

「あの方が妹さんでしたか」

それには答えず、どうぞこちらへと夫人は背を向けて薔薇の花のアーチをくぐり玄関に向かった。

ステンドグラスのはめ込まれたドアを開けると玄関が拡がっていた。

夫人が小さく頭を下げていった。

「北畠は奥でお待ちしております」

じゅうたんが敷き詰められた廊下を抜けた突き当りの部屋の前で夫人が大原を振り返った。

「さあ、どうぞ」

十二畳はあろう広さだった。真ん中に十灯ほどのランプがついたシャンデリアが下がっており、部屋の周囲は紫檀《したん》と思《おぼ》しき重厚感のある飾り戸棚が覆《おお》っていた。部屋の中央に黒い革張りのソファが置かれ、その一角に和服の北畠大樹が座っていた。

十年前に会った時の身をすくめさせるようなオーラは影をひそめ、この二年ほどメディアを通して目にした迫力ある風貌もどこかに消失してしまっているように見えた。

「ご無理をお願い申し上げました」

北畠の前に立ちそういって腰を九十度に折った。

「よう、来たね」

北畠はしわがれた声をゆっくりと絞り出した。

「お元気そうにお見受けし喜んでおります」

「元気じゃないよ。イヤになるほど入院していたのだから」

大原は病名を口にするのを控えていた。田中から腸閉塞《ちょうへいそく》と聞いてはいたが、顔色といい肉の落ち具合といい口にするのがはばかられるほど深刻に見えた。

北畠に促され大原が傍らに坐ると、夫人がティーポットやカップを載せたトレイを持って現われた。

「あなた、あまり長くならないようにしてくださいね」

「分かっている、分かっている」

「大原さん、一時間くらいでお願いします」

はいといったが一時間ではとても聞きたいことが聞けはしない。この先は出たとこ勝負だ。

紅茶をひと口含んでから北畠がいった。

「岳人氏は亡くなったそうだね」

「ええ、残念でした」

「あの雑誌はどうなるんだ」

「長男が後を継ぐことになりました」

ふうんと視線を逸《そ》らせてから「私の話はどこに載せるんだ」といった。

「『ビジネスウォーズ』と考えております」

「もっとよく読まれている雑誌に載せられないかね。あの出来事に関するインチキなメディアへの私の渾身《こんしん》の反論だ、出来るだけ大勢に読ませたい」

「それは重要なことですね」

いいながら不意に頭上を覆っていた霧が晴れるような気がした。

会社に、社命として告げられていたことを破るのだから、絶対に「ビジネスウォーズ」に掲載されるはずがない。どこか適当な媒体を見つけなければならないのだ。ただのいいわけでない反論が北畠の口から出てくればどの雑誌でも乗ってくるに違いない。そうなれば会社にばれることなく原稿作成からそのメディアへの掲載まで自分が面倒を見ることができるだろう。

「分かりました。ご希望の雑誌はどこですか？」

「そうね、やっぱり月刊文潮かな。このテーマで私が直々《じきじき》語るのなら、あそこが一番ふさわしいんじゃないか」

経済雑誌で最も多く売れている「中央ビジネス」より国民雑誌の「月刊文潮」のほうがいいのだ。

「分かりました。あそこの編集部を全力で口説《くど》いてみますが、一応ベストスリーくらいまでのご希望を伺《うかが》っておいた方がよろしいかと」

体を射抜くような視線を大原に浴びせてから北畠がいった。

「そうだね。二番目は週刊文潮、その次は中央かな」世間の評価の高い順番にメディアを並べた。

「しかしやっぱりなんといっても月刊文潮だ。他とは格が違うだろう」

「御意に叶《かな》うように頑張ってみます。そのためには、釈迦《しゃか》に説法かと思いますが、ぜひそれらの雑誌に関心を持ってもらえるような率直なお話を伺いたいと思っています」

「余生も短いというのに、私がきれいごとをいうとでも思うのか」

「とんでもない。会長はまだ十年は世間を騒がせるようなご活躍をされますよ」

見え透いた世辞を言うなと怒られると思ったが、北畠は嬉《うれ》しそうに微笑《ほほえ》んだ。

「これをいただいたときは感激いたしました」

十年前の葉書と二年前の郵便のコピーを北畠の目の前に差し出した。北畠は初めて見るかのように熱心に自分の文章を読み始めた。

「まさか一介の経済記者のお便りに、天下の京桜電機の社長からご返事をいただけるとは思っておりませんでしたので」

「きみのように熱心な記者はそうそういないからな」

「このお手紙なども参考にしながら、私のほうからご質問をするという形で話を進めさせていただいてよろしいでしょうか」

「ああ、そうしてくれ」

横にならせてもらうぞ、と北畠は紅茶をもうひと口飲んでから、手紙のコピーをつかんでソファに身を横たえ、クッションを枕にした。

「今度の出来事のとっかかりの部分から伺いますが、証券取引等監視委員会に誰かが告発文書を送ったことが発端だとあらゆるメディアが伝えています。それはその通りなのですね」

「まあ、そうだ」

「まあ、というのはどう意味ですか？」

「おれもその告発文書なるものを見ていないからな」

横になってリラックスしたせいか、急に自称が「おれ」になった。

「それではどうしてメディアは、『告発文が送られてきた』と伝えたのですか？　監視委員会が内々、昵懇《じっこん》の記者にそのことをもらしたのでしょうか？」

「監視委員会か、あるいはうちの誰かがもらしたのかもしれない。委員会のほうがうちよりずっと口は堅いはずだからね。おれだってその辺りは何も聞かされていないんだから」

「待って下さいよ。いま言われた通りなら、告発文が送られたかどうかも藪《やぶ》の中ではないですか？」

「そうではないよ」北畠が苦笑をもらした。

「二〇一五年二月のあの日、委員会はわが社に『開示検査』という匕首《あいくち》を突き付けて、膨大《ぼうだい》な資料を提出せよとやってきたんだ。その要求資料がピンポイントで、世間のいわゆるわが社の痛い部分を突いていたんだ。まあおれはなにも痛いとは思ってないがね。つまり社内のビジネスについて熟知している者がタレこまなきゃ、そういうことにならんわけだ」

「その開示検査についてもう少し具体的に教えていただけませんか」

「ビジネスウォーズ」で記事を書く時、大原はネットや関連図書を漁《あさ》り、専門家にも問うたがいま一つ分からなかった。

「下らんタレこみによって、証取が疑わしいと思ったテーマの、ありとあらゆる帳簿や関連書類を提出せよというんだ。それだけじゃないぞ。監視委員会が調べるだけではなく企業が設置する第三者委員会によって自分たちでも調べよというんだ。つまりおれたちにみずから丸裸になれということだよ」

北畠の顔が紅潮し、肉の落ちた額に青筋が太く浮かび上がった。

「そうしますと、監視委員会が請求した資料一覧によって、内部の告発者が絞れてくるというわけですね」

北畠は記憶を辿《たど》るような表情をしたが唇《くちびる》を結び開こうとはしない。別の角度から攻めることにした。

「告発文は二回送られてきて、最初は電力などインフラ事業関係のもの、二回目はパソコンやテレビ事業関係のものと告発本などが書いているのは当たっているのですか？」

「まったく誰がそんないい加減なことをいい散らかしたんだ」

北畠は舌打ちをした。

「誤報なのですか」

「いや、うちの誰が、書き屋にそんなことを仄《ほの》めかしたのかと思ってね。たしかに監視委員会の資料請求はインフラ関係とパソコン関係と二段階になっていたが、そんなことは委員会の都合による可能性のほうが高いだろう。下らんタレこみが二段階になっていたとは限らん」

「両方についての資料のありかを詳《くわ》しく知っている者がいたということですか」

わずかに白い目脂《めやに》のついた目が光ったがその問いには応えなかった。

大原は問いを変えた。

「最終的には告発文を書いた人をごく少数にまで絞ったということですよね？」

「誰に聞いた？」

「私だって一から十まで会長に伺うのは甘ったれていると思いまして、少しは自分で調べてみました」

「だから誰に聞いたんだ」

意を決していった。

「取材源は明らかにしないというのが我々の職業上の義務でありまして、会長といえども申しあげるのは控えさせていただきませんと」

北畠は上体を起こし冷えた紅茶に手を伸ばしてひと口含んでから大原をじろりと睨《にら》み付けた。視線はなかなか離れなかった。これまで九十九%は守り抜いてきた職業上の義務を投げ捨てざるを得ないかと思ったとき北畠がいった。

ろくにんだ。

六人。呟《つぶや》くような声を一瞬遅れて聞き取った。

「絞り込んだのはおれじゃない。鈴木邦夫だよ。あいつが第二人事部を使って絞り込んだんだ。あいつはなんとしてもパソコン事業部がインフラ事業部を陥《おとしい》れたという形を作っておれを罪びととし、自分は被害者のふりをしたかったんだ」

京桜テックの夏目にその存在を訊いてから大原は「第二人事部」について調べてみた。そのトップには他社でリストラを何度もおこなってきた腕利きをヘッドハントしてきた。従業員を辞めさせることに関して硬軟のテクニックを使うことに恐ろしいほど長《た》けているという。つまり人を追い込むことがうまいのだ。

「あの告発文を監視委員会に出した奴に、きみ、心当たりはないかね?」

最初にこんな質問をぶつけられギリギリ追い込まれたら、ほとんどの人は「自分がやりました」と言葉で白状しないまでも、態度に表わしてしまうだろう。

「しかし間もなくおれたち三人が引責辞任などというバカなことになったから、それ以上の絞り込みは中断になった。あいつにはなんの力もなくなったし、どっちが加害者でどっちが被害者ということも関係なくなったからな」

震える手で口に運んだ紅茶を飲み損ねて、北畠は大きく咳《せ》き込んだ。苦しげな咳《せき》がしばらく続いた。

それが和らいでから北畠にいった。

「六人のリストはお持ちですか？」

「もう関係ないだろう」

「鈴木さんの陰謀を知りたくないですか」

「もうどっちでもいいさ」

さらに求め続けたら怒り出しそうな気がした。

「それでは最も本命の、会長の第三者委員会に対する反論をうかがいましょうか」

北畠から来た郵便のコピーを開いてテーブルの上に置いた。北畠に渡した方はソファの上で皺《しわ》くちゃになっている。

「反論なんて穏やかなもんじゃない。あいつらのインチキを暴くだけだよ」

「分かりました。お願いします」

「ちょっと、あいつを呼んでくれないか」

北畠がドアの外に向けて顎《あご》をしゃくった。

2

夫人が運んできた青汁をひと口飲んで、顔をゆがめてから北畠がいくつかの名前を口にした。

「元東京高検の浜田《はまだ》」、「大手町法律事務所の竹田《たけだ》」、「公認会計士の川田《かわだ》」……。

「第三者委員会」のメンバーとなった男たちの名前だった。

「あいつらPTAママのようなきれいごとをいいやがって。そもそも『京桜電機の経営陣は過剰なノルマを設定し』って、どこの企業だって企業というものはそうやって経営をしていくものだろう」

はあ。

「おれが取締役になったばかりの頃、日本中の企業で目標管理ってのが流行《はや》ったのを覚えているか」

すぐに思い出した。「ビジネスウォーズ」は岳人の強烈な指示の下、〈そんなことをやったら日本企業は衰退する〉という特集を何回もやった。

「私は今期これだけの仕事をしますと上司と相談して目標を決め、それが達成できたら優、まずまずなら良、かなり低ければ可、ほど遠ければ不可、可や不可になりそうな奴らは、上司が思い切りケツを蹴飛ばして、何とか数字を上げさせようとするのが、当たり前だったじゃないか。どこの企業だってそうやっている。それを過酷なノルマのようにいうってのはためにする議論だろう？」

はあ。

「あいつらには結論ありきなんだよ。世間のおれたちを見る目はマスコミに煽《あお》られて厳しくなっている、あいつらは何としてもその世間の目に迎合する結論を出さなくてはならない。だから企業の大人の常識を無視して、中学校のクラス会のような机上の正論を展開しやがった」

暴論とは思わなかったがこれをただ聞き流しては取材にはならない。「月刊文潮」も乗ってこないだろう。「疑問に思ったことは遠慮なく質問させてもらいますよ」「あいってみろ」というやり取りをしてから質問をぶつけた。

「しかし期初ではなく、期末になって目標が六十億円も達成できないから何とかしろという命令を発して数字を書き換えたということは、目標管理にはならないでしょう」

北畠は一瞬のためらいもなく、唇を歪《ゆが》め怒気混じりに反論してきた。

「それは目標管理とは別さ。会社が期初に対外的、社内的にある目標を公表しているが、期末が近づいてそれが未達になりそうだ、そうなると経営上うまくない、そういうときには、なんとか色んな数字をいじったり、プロジェクトごとに決算上のスケジュールを前後に動かしたりして辻褄《つじつま》を合わせる、こんなことだってどこの企業もやっているんだ。きみのところのようなちっぽけな会社だって、やっているだろう」

うなずきはしなかったが、「嵐出版社」のいくつかのケースが頭をよぎった。「京桜電機」のような大会社と比べようもないが、小さな数字の誤魔化《ごまか》しを岳人と夫人がやっている場面を見たことはある。

「いいか。その六十億円をおれの懐に入れたとか、おれが別にやっている個人企業に注ぎ込んだとかいうならとんでもないが、会社のために一時的に会社の数字がまともに見えるようにお化粧しておいて、後からきちんと補うつもりなんだから、どこからも文句をいわれる筋合いはないだろう。これだって大なり小なりどこの企業でもやっているんだ」

「しかしそのお化粧をするための過剰なノルマで多くの従業員が精神を壊すほど苦痛

な目にあったというのは許されることではないでしょう」

「だから」と北畠は大原の言葉を遮《さえぎ》った。

「おれの目標管理やお化粧とあいつの目標管理、お化粧とはレベルが違ったんだよ。あいつのはおれから見れば、化粧直しの利かない整形手術だ。それを一緒に論じられても大いに迷惑なんだよな」

「つまり鈴木さんに関しては粉飾決算で糾弾《きゅうだん》されても仕方ないということですね」

北畠はまた紅茶に手を伸ばし口元に運んだが、口につけず宙に浮かしたまましばらく思案してから言った。

「そうとはいえんよ。おれはあいつが大嫌いだがそうとはいえんよ」

北畠の顔が微妙に歪《ゆが》んだ。

「企業というのはゴーイングコンサーンなんだ。未来永劫《みらいえいごう》生き続けていくことがレゾンデートルとなっている。いつまでも生きつづけなきゃいかんのだ。そう運命づけられている企業のある一時点を切り取って粉飾だとか真っ当だとか言っても意味がない。あいつは多少は限度を超えた乱暴をやったかもしれないが、少なくとも京桜電機を潰してもいいとか、食い物にしてもいいと思ったりはしていなかったよ。そこを乗り切ったらまた真っ当な路線に戻れると思っていたんだ。きみがこれまで取材してきた企業でも危ない橋を渡ってきた所は一つや二つじゃあるまい」

思わずうなずいていた。

世間で名経営者と謳《うた》われ優良企業ともてはやされている企業でも、新製品の開発などでのるかそるかの大博打《おおばくち》を何度も経験している。その時の財政事情がまともに表には出せない危機的状態にあった企業は数限りない。

「そういう企業はうまいこと危機をすり抜けたからセーフ、京桜はメディアの監視網に引っかかったからアウトになってしまった。あいつが乱暴すぎたからそんなことになってしまったんだ。あいつはキの字だからな。可愛げのまったくないキの字だからな」

吐き出すようにいったが、歪めた口の周囲に笑みのようなものがこぼれた。

「しかしそのキの字を会長が後継者に選ばれた。そして二年後にはもうそれを悔《く》いておられた」

「二年後なものか、ふた月後には、半分悔いていたよ」

「半分？」

「あいつがそれまでおれの前では隠していたキの字をあからさまにし始めて、京桜がどんどん京桜じゃなくなっていったからな。社内の会議でも社外でのネゴなどでも、ロジカルな意見がまるで通用しなくなったんだ。おれも愕然《かくぜん》としたよ」

「それを会長はたしなめられなかった」

「おい」北畠は鋭い目で大原を見た。

「きみだってちゃんと調べたんだろう。おれは何度もあいつをたしなめ説教もしたさ。しかしあいつは聞こうとしなかった。その気になれば社長はだれにも止められずに好きなことができる。それだけの権限を持っている。会長にだって止められないんだ」

北畠が週刊誌に二人の関係をそう語っているのを大原は何度も見たことがある。

「それでも悔いたのは半分だけなのですか」

バカヤロウといって北島はソファから体を起こした。

「世界の最先端で闘っているこれだけ巨大な企業の経営はキの字じゃなければやっていけないんだよ。いいか、従業員が世界中に十万人いて、売上げは五兆を超える、銀行からの借金は三兆円もある。何か大きな間違いをすればそれだけの規模の企業体が音を立てて瓦解《がかい》し、家族を入れれば二十万人の人間の生活が破綻《はたん》し、日本経済にだって大きな影響を与える。キの字にならなきゃやっていけないんだよ」

北畠の息が荒くなってきた。

「そういうおれたちをあの弁護士や学者たちが、世間を知らないPTAのママたちが喜びそうなちっぽけな正論をいって指弾するんだ。日本企業がPTAママのきれいごとに絞め殺されていいのか！　お前たちの懐《ふところ》を誰がうるおしていると思っているんだ、といってやりたいよ。おれたちが死ぬ思いで稼いだ金が回り回ってお前ら、何の責任も取らなくていい口舌《こうぜつ》の徒の懐に入っているんだ。お前らだって俺たちと一蓮托生《いちれんたくしょう》なんだぞ」

大原の心の中に北畠の言葉が少しずつ浸《し》み込んできた。

メディアの網の目に引っかかればPTAママの指弾に追い詰められてしまう企業や政治家の行動も、網の目をすり抜けた多くの企業・政治家にとっては日常となっている。

いや指弾するPTAママの夫だってあるいは彼女の息子だって就職してビジネス戦争の前線に出れば同じ行動をしている。たとえ誰かに指弾されても自分は事情が違うと自分だけは特別扱いをしているに過ぎないのだ。

そこまでは北畠に同意しないでもないが、「京桜電機」も北畠大樹もメディアの、つまりは世間の監視の網に引っかかってしまったのだ。そうなればそれに応じた覚悟をするしかないだろう。

「第三者委員会の報告書に会長のいま言ったことを反映させてくれればよかったとおっしゃるのですか」

北畠がまたぎろりと鋭い視線を大原にぶつけてきた。首のあたりを視線の刃で薙《な》ぎ払われる錯覚を抱いた。

「あいつらはM銀行や経産省に尻を叩《たた》かれた石黒が、PTAママが納得するような結論を出す、つまりおれと鈴木が戦犯であるという結論を出すメンバーということを条件にして選んだんだ。だからもとからそんなことは期待できなかったんだ。この国ではいざというときはPTAママが正義の基準になってしまうんだよ」

北畠の肺がぜいぜいと音を立て、その隙間《すきま》から言葉が絞り出される。

「会長、ちょっとお休みになってください」

大原は北畠の手からカップを取り上体をソファに横たえた。

北畠は天井を向いて目をつぶった。しっかりしたあごの輪郭、鷲鼻《わしばな》といえる鼻梁《びりょう》、しかし額や頰《ほお》のしわは深く刻み込まれ、肌は長年陽光に曝《さら》されてきた障子紙《しょうじがみ》の如《ごと》く艶《つや》を失いデスマスクのように見えた。

呼吸が安らかになるのと同時に北畠は目を開いた。

「大丈夫ですか」

ああと答えた目に力がなかった。

今日はもうおしまいにしなくてはなるまいと思った。

「会長のいわゆる粉飾決算へのご説明と、第三者委員会報告に対するご不満については十分理解しました。それを基にとりあえず〝北畠会長かく抗弁せり〟という原稿の第一弾を書かせてもらいます」

「第一弾？」

「まだうかがいたいことの半分しかうかがっておりませんので、また体調のよろしいときにお訪ねさせていただきたいと思っております」

「タイトルが気に入らんがそれは後で注文を出すようにする。その第一弾はいつ見せてもらえるんだ？」

「今うかがったお話に関してすこし調べたいこともありますので、しばらくお時間を下さい」

「何だ、おれの話を信じないというのか」

「そうではありません。私は会長のことを信頼しているからこそ、お話を伺うために色んな関門を突破してここまで参上したのです。しかし会長にだって万に一つのご記憶違いがあるかもしれませんし、会長」

そこで言葉を切って北畠の五分前まではデスマスクだった顔を覗きこんだ。

「会長は伺ったお話を右から左に原稿にするようなジャーナリストを信じられますか？」

上体を起しかけていた北畠がまたソファに体を横たえた。

「他に聞きたいというのは何のことだ？」

「お手紙にも書きましたように、NP社の買収価格が想定よりも2千億円も超えてしまいました。会長はメディアでしきりにあれは千代田重工の策謀だとおっしゃってますが、それには証拠があるのですか？　またその質問と表裏一体となるかと思うのですが、なぜあの傷だらけのNP社を売り払うことができないのですか」

「証拠？　北山《きたやま》が買う気もないのに一度成立した入札をひっくり返したのが何よりの証拠だろう」

千代田重工の会長の名前を忌々《いまいま》しそうに口にした。

「北山さんに買う気がなかったと判断されたのには何か証拠があるのですか」

「証拠、証拠。記者っていうのは面倒くさいな」

「しかしエビデンスがいい加減な記事なんか、会長だって読みたくないでしょう」

「北山の野郎。うちに決まった後、嬉《うれ》しそうに『京桜にえらい高値掴《づか》みをさせてやった』とあっちこっちに触れ回っていた、本気で競り合っていたのならとてもそんな風ではいられない態度だったというんだ。頭にきて、おれが経産からガツンと言わせたら、しゅんと大人しくなったんだ」

「そんなに高くなるんだったら、入札を降りようという選択肢はなかったのですか？」

「あの時の原子力発電には無限の可能性があった。つまり世界中に無数の需要があったんだ。だから金額なんか気にしなかった。それよりなんとしてもインチキ北山に横取りをされたくはなかったんだ」

「三度目の入札をやらせて高値掴みをさせたのは、NP社の売却担当役員だという話も出ていますね」

北畠は大きく顔をしかめた。

「それも、京桜を貶《おとし》めようと、北山一派が仕掛けたルーモアだよ。あいつには長いことヨーロッパを担当していたおれのグリップがしっかり効いていたからそんな二重スパイのようなことはできなかったよ」

口調がいっそう断定的になっていた。いまの質問が一番、痛いところを突いていたのだろう。

ここが突破口だと思った。一番守りたいところが一番脆弱《ぜいじゃく》な所でもある。

「そんな危ない橋を幾つもわたって何としてもNP社を買収しようとしたのには、やはり経産省とか電力族の後押しがあったんでしょう」

「きみも視野が狭いんだな」

今度は大原を皮肉る口調になった。

「経産は日本の産業なら、どの産業だって後押しをしたり足を引っ張ったりしたがるさ。それが奴らのレゾンデートルだ。おれたちは奴らを怖がったり、奴らに乗せられたりはしない。怖がったふりをして、乗せられたふりをして奴らを使うんだよ」

「……」

「奴らには予算があって権力がある。なんかでっかいことをやらなきゃレゾンデートルが損なわれると思っているから、やるとなったら馬力はある。褒《ほ》められるのが大好きだから、使われるふりをして褒めて褒めて使うんだ」

北畠の口調が愉快そうに弾んだ。

「それにきみら何かというと高値摑みというが、どういうエビデンスを以《も》って高値というんだね」

詰問調は和らいでいなかった。

「たとえばソニーの買ったコロンビア映画だって、買ってから十年は高値掴みと公然と批判されていたが、いまやコロンビア映画、いやソニー・ピクチャーズか、あそこは稼ぎ頭の一つだろう。NP社だって間違いなくわが社の稼ぎ頭になっていたんだ」

「3・11がみんなぶち壊したんだ、と」

「そういう矮小《わいしょう》なことをいうんじゃないよ」

「矮小じゃない何があるんですか」

「それも分からんのか」

言いかけたところで北畠が咳き込んだ。背中を丸めて苦痛をこらえていたが一向に咳は止まらない。

大丈夫ですか？

大原が慌《あわ》てて北畠の背中に手を回し擦《さす》った。浮いた背骨が掌《てのひら》に触れた。口調と大きなギャップのあるはかなさを感じた。

「おれは、もう、ダメだ」

吐息のように声が漏《も》れた。

「こんなに意気軒昂《いきけんこう》に日本国を憂《うれ》えている会長が何をいわれますか」

体調を気遣《きづか》いながら、言いそびれたひと言をいわねばならないと思った。

「さっきお話しいただいた六人のリストはいまもお持ちですか」

「そんなものを手に入れてどうする？　単なるゴミだろう」

「会長は自分を裏切ったものの正体を知りたくありませんか」

「十万人の社員を抱えていれば多少のはぐれ者は出るさ。そういうはぐれ者の中からあんな馬鹿なことをする奴も現れるだろう。キの字は正体を知りたがったがおれには想定内だった。しかしおれもあの何とかいった雑誌に、次々と内部から告発メールが送られたときは驚いたよ。よっぽどキの字に狂わされて恨《うら》み骨髄《こつずい》だったんだな。あいつはやっぱり度を超えていた」

呟き込み始めた。今度のは弱弱しかった。よけい不安感をあおられた。

大原はドアを開け、「奥様、奥様」と部屋の奥に声をかけた。

9章　取材原稿

1

時どきしわがれた声が聞き取れなくなって大原は二度三度と聞き直した。

北畠を目の前にして口の動きを見ながら聞いていたときはこんなことはなかったのだから、言葉も耳で聞くだけじゃないなと改めて思った。

近年、大原はほとんど取材相手の話を聞きながら走り書きしたメモを原稿に起こすだけになっている。ボイスレコーダーから起こせば時間がかかるし、メモを見直すだけで書かれていないことも大半は思い出す。

しかし北畠のインタビューはそうはいかなかった。微妙な言い回しをしたり、声が掠《かす》れてメモにもできなかったところは生の声を再確認しなくてはならない。話の内容で、しゃべっているのが京桜電機元会長の北畠大樹だとばれる可能性があるから、専門業者に原稿起こしを依頼することもできない。北畠との接近は禁じられているのだから、会社でやるわけにもいかない。

今日も会社を休んだ。会社から「京桜電機事件」の資料はごっそり持ってきてある。

起こしながら疑問を感じた話の関連資料を探し出し、重要なものが見つかれば原稿の間に書き込んでいく。北畠の事実誤認もあるし、事実誤認かどうか分からないが辻《つじ》褄《つま》が合わないこともある。北畠が端折《はしょ》った話をよく分かるように補強する資料が次々と出てくる。

インタビュー中は自分がずいぶんと北畠の議論に引きずり込まれていたと思う。その信念からくる迫力と、自分の企業観も彼の議論に近いところにあるせいだろう。

「ＰＴＡママのきれいごとの正論」

お前のところでもそんな風に経営しているのか？　その問いかけだけで返答に詰まってしまった。

「ビジネスウォーズ」はアウトローの経営をしているわけではないが、グレーな部分もある。「ＰＴＡママ」がそれを見つけて指弾してきたらとても切り抜けられないだろう。

そのPTAママの多くは、北畠の議論に近い原理で動いている企業で仕事をしている夫の稼ぎで暮らしているのだ。しかしだからといって北畠がその反論だけで切り抜けられるはずもない。世論はPTAママ的な感覚の上に形成されているのだ。

北畠のひと言ひと言を文字にしながら大原の心は揺れていた。

こんな反論を世間は認めるのか？　いやそれ以前に「月刊文潮」はこの原稿を掲載するといってくれるのか？　もっと説得力のある何かを北畠は言ってくれないだろうか？　もっと説得力のある何かを北畠は持っていないのだろうか？

ドアにノックがあった。咄嗟《とっさ》に、誰？　と苛立《いらだ》つ声を上げてしまった。

入ってきたのは知子だった。

「怖い声ね。あたししか来るはずないじゃないですか」

ICレコーダーをオフにして体を少しひねると、手にしたトレイに茶碗があった。

こんなことは初めてだ。

「こっちに集中していたからな」

ICレコーダーをあごでしゃくった。

知子は小さなサイドテーブルにお茶を置いた。ひと口羊羹《ようかん》が添えられている。大原の甘党を忘れてはいないのだ。

「大丈夫なんですか？」

何が？　と言葉にはせず、ちょっと知子を振り向いた。

「会社から北畠さんのインタビューは止められたんでしょう」

いつそんなことを知子に話したっけと、この数日を振り返った。すぐに気付いた。ドア越しに拓也に話したのを知子も階段の下から聞いていたに違いない。

「だからここでやっているんだ」

「だけど」とまでいって知子はその先は続けなかった。

大原はＩＣレコーダーをまたオンにした。しかし知子は部屋を出て行かない。大原はひと口羊羹を蓋《おお》うフィルムを剝《は》がし始めた。

「あれ、なんか、よかったのかもしれないわ」

知子が発した言葉の半分しか耳に入らなかった。

「拓也、少し変わったみたいです」

うむ？　もう一度体をひねった。知子の視線を正面から受け止めてしまった。

「あの子、この二、三日、真夜中に外出しているみたいなんです」

半信半疑で問うた。

「どう、いう、ことだ？」

「近くのコンビニに行っているんじゃないかと思うんです」

「どうして、そう思うんだ」

「あの子の部屋から出るゴミの中にチョコレートとかプリンとかコンビニで売っているものが混じっていたから……あたしはそういうものは与えていませんから」

「ふうむ」といって羊羹を口に放り込んだ。つまり知子はおれの苦境を拓也に話したことが、「なんか、よかったのかもしれない」といっているのだ。

「あの子、この数ヵ月、こんなに続けて家から出たことがありませんから」

「それでこんなサービスをしてくれたのか」

「あたしも、あなたが苦労していることがよく分かったし」

「仕事に出れば、あんなものはよくあることだ。知子だって山上時代に知っているだろう」

「だって、拓也にはお父さんだって大変なんだぞ、って……。あれは本当に大変ですよ。あんなことがあったなんて、なんであの時まで、あたしにひと言も言ってくれなかったんですか」

うーむ、と唸《うな》って口の中に放り込んだ羊羹をかみ締めてからいった。

「ザットイズ、ノット、ユアビジネス」

「ああいうのは別ですよ。あなたが拓也の不登校は別だといったのと同じです」

お茶を飲んでから、「さあ、おれはこれを続けるぞ」と電源をオンにした。

「大丈夫なんですか」

「なんのことだ？」

「会社のことですよ」

「ああ」

「それじゃ、あの子はお父さんが苦労しているって話がいいのかもしれないから、また何か語りかけてくれませんか」

知子はそういって部屋を出て行き大原はキーボードの上に覆いかぶさるようにした。

一つ一つの北畠の言葉を感情を持って受け止めることはやめにしていた。

まずは異論があろうと共感しようとただ機械的に再現しよう。それを世論の評価も想定しながらもっと立体的にしていく作業は次の質問の時だ。

「取材源は明らかにしないというのが我々の職業上の義務でありまして」

自分の問いかけも正確に再現していく。

――絞り込んだのはおれじゃない。鈴木邦夫だよ。あいつが第二人事部を使って絞り込んだんだ。あいつはなんとしてもパソコン事業部がインフラ事業部を陥《おとしい》れたという形を作っておれを罪びととし、自分は被害者のふりをしたかったんだ。

あれ、なんか、よかったのかもしれないわ。

ＩＣレコーダーから流れてくる北畠の声の合間に知子の台詞が不意に浮かび上がる。

ああいうのは別ですよ。あなたが拓也の不登校は別だといったのと同じです。

まさか知子とこういう会話を交わすようになるとは思わなかった。おれは外で仕事を闘い、知子は家で家事と育児を引き受ける。それが一番、戦闘力が高まる、葛藤《かっとう》がないと思っていた。

——いいか。その六十億円をおれの懐に入れたとか、おれが別にやっている個人企業に注ぎ込んだとかいうならとんでもないが、会社のために一時的に会社の数字がまともに見えるようにお化粧しておいて、後からきちんと補うつもりなんだから、どこからも文句をいわれる筋合いはないだろう。

「しかしそのお化粧をするための過剰なノルマで多くの従業員が精神を壊すほど苦痛な目にあったというのは許されることではないでしょう」

機械的に再現しようと思っても自然と心が動く。経済記者として最大限食いついて相手の防御線を突破したいという気持ちが自然と働いてしまう。

——だから、おれの目標管理やお化粧とあいつの目標管理、お化粧とはレベルが違ったんだよ。あいつのはおれから見れば、化粧直しの利《き》かない整形手術だ。それを一緒に論じられても大いに迷惑なんだよな。

「つまり鈴木さんに関しては粉飾決算で糾弾《きゅうだん》されても仕方ないということですね」

——そうとはいえんよ。おれはあいつが大嫌いだがそうとはいえんよ。

あの台詞《せりふ》には驚いた。北畠はメディアの取材には口を極めて鈴木を罵《ののし》っていたのだ。

そして巨大企業の経営の過酷さを語った。公に罵《ののし》り合うほど憎み合った相手であっても名門企業「京桜電機」を破綻《はたん》の淵に追いこんだ「戦犯」同士としてのシンパシーのほうが今では強いのだろうか？

2

レコーダーの再現を七割がた終えて、ＰＣ画面の隅に目をやると時刻は「01:31」となっていた。

押し入れから布団《ふとん》を引っ張り出し部屋の空いたスペースに敷いた。一階に夫婦の寝室があるが、遅く帰った時などは知子を起さないようにしばしばここで寝た。

なかなか寝付けなかった。

長いこと聞いていたレコーダーからの北畠の声が頭の中にＢＧＭのように流れている。読経《どきょう》のように繰り返される北畠の無念の思いが、大原の胸に浸み込んでくる。

かすかな音を聞いた。意外な音ではない。大原はどこかでそれを待っていたようだ。今度は枕元に置いたスマホで時間を確かめる。「02:11」

布団を飛び出しドアに耳をつけた。空耳ではない。音は足音だ。衣擦《きぬず》れのような静かな足音が階段を下りていく。

大原も音を忍ばせ部屋を出た。階段を下りた人の気配は玄関に向かっている。階段の中ほどでドアを開ける「カチリ」という金属音を聞いた。足音は玄関の外に出て、聞こえなくなった。

大原は十数えてから玄関のドアを開けた。行き先は分かっているから慌《あわ》てることはない。

あたりに月光が煌煌《こうこう》と降り注いでいた。家の前から表通りへと続く道をうかがったが、もう足音の主の影はない。

大原は前方に注意を払いながら、知子がいったコンビニFのほうへ足を向けた。この時間に他に行くところもあるまい。

後をつけてどうしようとしているのか自分でもわからない。店内で会うことにするのか？　帰り道に待ち構えていて、「おう」とでも声をかけるのか？

前回も計画してやったわけではないことが「なんか、よかったのかもしれない」ことになったというのだ。今夜もそれしかあるまい。

大通りに出た。こんな夜中にもポツリポツリと人の横切る姿がある。

すぐにそこだけ眩《まばゆ》い灯りが溢《あふ》れだしているコンビニの手前まで来た。駐車場には数台の車が停まっている。

足を弛《ゆる》めた。ゆっくりと店の前を過ぎながら店内をうかがった。拓也の姿がない。目線を店内にめぐらせたがやはりない。少し通り過ぎてから体を回転させた。

今度は店を正面から覗《のぞ》き込む角度になって見通しがいい。やはり拓也はいない。

大原は店内に入ることにした。大学生らしき男が一人は雑誌を見ており、もう一人大原と同年代の男が奥の酒のコーナーにいた。その他に客の姿はない。

トイレに入ってみたが、やはり誰もいなかった。通り抜けるだけでは悪いだろうと思い、缶ビールを二本買って店を出た。

(どこへ行ったのだろう?)

家に戻るか、もう少し探してみるか迷った。もしかしたらさっき階段と玄関で耳にしたものがすべて空耳だったのかもしれない、という思いもよぎった。まさか? もう二区画先に別のコンビニSがあることを思い出した。あいつの好みのチョコレートだかプリンだかがそっちにあるのかもしれない。

Sの店内には二つの人影があったが、どちらも拓也ではなかった。手にしたビニール袋に缶ビールが入っていたので入るのはやめた。

少し露骨に店内を見渡しながら通り過ぎて、五階建てほどのマンションの前でUターンをして戻ることにした。大原の家から十分もかからないところなのにこの辺りにはめったに来たことがない。

ふと耳をそばだてた。どこかでくぐもった声が聞こえたような気がした。左右を見渡すと声がどこから発しているかすぐに分かった。

マンションの向かいの広々とした駐車場の照明が届かない一角に人影があった。二つ、いや三つだ。声に誰かを脅《おど》している響きがあった。脅されている誰かは声を発しない。

喧嘩《けんか》なのか、ぶっそうな。とばっちりを食うまいと視線を逸《そ》らし早足になった。逸らした視線の最後の一瞬が脅されている姿を捉《とら》えた。足が停まった。

（拓也！）

奥の街灯で逆光になった拓也の影は二つの影に挟まれている。

頭にカッと血が上るより早く声を上げていた。

「おまえら、何をやっているんだ」

駐車場に飛び込んだ。

影は慌《あわ》ただしく揺れ動き、三つに割れてうち二つが大原にまっすぐ向かってきた。二つとも大原より一回りはガタイがいい。

大原はとっさに手にしていたビニール袋を思い切り振り回した。缶ビールが先に来た男の顔面をヒットしガツンという手ごたえがあった。男はうめき声を上げて蹲《うずくま》ったが、後ろの男が大原をタックルで弾き飛ばした。大原は背後の車に背中から突き当たり、息が停まるほどの衝撃を覚えた。

ここで怯《ひる》んではやられてしまう、とビニール袋をむちゃくちゃ振り回したが、相手はそれをかわすだけの身のこなしを持っていた。

やられてしまう。

男の蹴りが大原の尻のあたりに来たが、身を捻《ひね》ったので当たり損ねた。

その時、どこからか誰かがけたたましい声を上げた。

「警官が来たぞ」

あ、助かったと思った。思った通り攻撃はそこまでだった。二人ともあっという間に駐車場から消えてしまった。

大原はぶつかった車の脇に蹲ったまま、立てそうになかった。

近づいてきた拓也が小さな声で言った。

「キュウキュウシャ、呼ぶ？」

キュウキュウシャが救急車と分かるまでに時間がかかった。その声がさっきのけたたましい声に似ているのに気付いた。

「あの声、お前か」

大原の問いに答えず拓也がもう一度言った。

「救急車、呼ぶ？」

「いいよ。すぐに治まるだろう」

痛みが和らぎ息が整うまで十分はかかったろう。その間、拓也は声を発することはなく立ち続けていた。

10章　返却

1

肋骨《ろっこつ》の痛みをこらえて出勤した。

二課の外れに移されたデスクに坐ると、隣の島から玉木がやってきて、大原に覆《おお》いかぶさるように小声でいった。

「三階で会長がお呼びだよ」

周囲の耳が尖《とが》る気配が分かった。

(北畠に取材したことがばれたのか？)

脳裏に浮かんだ思いを抑えこんで部屋を出た。会長兼社長室をノックしたが返答がない。ひと足遅れて後を追ってきた玉木がいった。

「会議室だよ」

「会議室？　何で？」

「行けば分かるよ」

会議室のドアを開けるとテーブルの前に夫人と隼人が座っていた。夫人は冷ややかな視線を大原に向け隼人は小さくうなずいた。

「大原君、あれほど言ったのに、社命を破ったわね」

夫人がすぐに口火を切った。

「何のことでしょう」

「京桜電機と北畠元会長には近づかないようにといったでしょう。それを破ったじゃないの」

「そんなことはありません」

できる限りしらばっくれてやろうと肚《はら》を決めていた。

夫人が二の矢を放とうとしたとき資料室との境のドアが開き、男の姿が現われた。永瀬だった。ああ、と照れたように大原に笑って見せた。

「どうだった？」

夫人が聞いた。

「ありませんでした」

夫人が大原のほうに向きなおった。

「いま永瀬君に資料室の引出しの中をすっかり探してもらったの。案の定、京桜電機に関する資料がそっくりないのよ。あなたがどこかに移して、京桜電機の取材を続けているのでしょう」

「そうではありませんよ」

証拠などない、夫人のハッタリなのだ、ほっとして笑いをもらした。

「じゃあ、なんなんですか？」

「取材をしてはいけないといわれたので、使えない資料をここに置いておいたら会社の貴重なスペースを狭くするので申し訳ないと思って拙宅に移動させたのです」

「あの資料は大原君個人のモノではない、嵐出版社の共有財産なんだと自分でいわなかった？」

「ええ、いいました。しかしそれは会社が資料を利用しようとする場合のことで、今回のように京桜電機はスポンサーなんだから記事にはしないし、接近してもならないということであれば、共有財産にする意味がないじゃないですか」

すらすらと口から飛び出した言い訳に夫人は言葉を詰まらせた。それを救うように玉木がいった。

「大原君、自宅に持って行って何に使っているんですか？」

「保管しているだけですよ」

「会長」玉木は夫人のほうを向いた。

「当面、わが社でそれを使う予定がなくても、共有財産を個人の家に置くということはまずいのではありませんか。わが社に戻してもらって、『ビジネスウォーズ』編集部で管理することにしたらいかがでしょうか」

「もちろんそうしてもらいます。大原君いいですね」

「分かりました。近々、戻すようにします」

「近々じゃ困るわよ」嵩《かさ》にかかったように夫人がいった。

「いますぐおたくに連絡して、奥さんにでも誰にでも、出来るだけ早く持って来るようにいってください」

今度は大原が返答に詰まる番だった。北畠のインタビューはまだ取材原稿にしただけの段階なので、これから原稿を完成させるためにあの資料は必要なのだ。

「すぐ家に電話をかけてちょうだい」

「女房は今朝《けさ》から出かけているので、夕方にならなければ連絡は取れません」

少しでも時間を稼ごうと出まかせをいうと夫人は眉間《みけん》にしわを寄せて隼人にいっ

た。

「社長、この間、大原君の家に電話をしましたよね。ちょっと電話をかけてくれませんか。奥さんがまだ家にいて、持ってきてもらえるかもしれないでしょう」

慌てていった。

「そんなにお急ぎなら、私が取りに行ってきますよ」

玉木が割って入った。

「ああ、私、大原君の家電《いえでん》を知っていますよ。私が連絡してみましょうか」

隼人が玉木の言葉を遮《さえぎ》るようにいった。

「会長も副編集長も何をそんなに慌《あわ》てているんですか。うちの社員でもない奥さんを使うようなことをしてはまずいでしょう。大原さんが取りに戻ってくれるといっているのですから、お願いしましょうよ」

二人が顔を見合わせて口をつぐむと大原に語りかけた。

「大原さん、ご出勤早々申し訳ありませんが、会長が急いでいるようなんで、京桜と北畠さん関係の資料を、これからご自宅に戻って、取ってきていただけませんか」

「わかりました」

そういわざるを得なかった。

　嵐出版社のビルを出て一区画ほど歩いてから携帯で電話を掛けた。相手はすぐに出た。

「ああ、おれだけど」

「どうしたの？」知子だった。家電ではなく携帯に掛けたのには理由があった。

「これからうちに帰るけど、ちょっとおれの部屋に行ってくれるか」

「どうしたの？」

「いいから」

「もうあなたの部屋よ」

「デスクの上にB４判の茶封筒が九個あるだろう」

「え……、八個しかないわよ」

　ああ、一つは鞄《かばん》に入れて自分が持ってきていた。

「八個でよかった。うちの近くのコンビニにコピー機があるだろう。その資料を全部コピーしてほしいんだ。一枚の抜けもないようにな」

「どういうこと？」

「詳しくは帰ってから話す」

「こんなにたくさんあるんだもの、それまでにできっこないと思う」

家に帰るまで一時間弱、確かにできないだろう。

「美咲はいないのか」

「いるはずだけれど」

「美咲に手伝ってもらって二つのコンビニを使えば半分の時間で済む。時給二千円出すぞ」

「いってみるけど」

拓也の顔が頭をよぎったが口にはしなかった。あいつにはまだ無理だろう。

電話を切りかけたとき大事な用件を忘れていることに気付いた。

「それからな。今日の夕方までは家電に電話がかかってきても出ないようにな」

「どうして」

「それも帰ってから話すよ。敵は何でもありになってきているんだ」

「敵？」

「それも話す」

2

自宅の最寄り駅で降りた大原はまっすぐコンビニFに向かった。Fの店内が見える所まで来た時、視線はコピー機のある場所とそこにいるはずの知子の姿を探っていた。意外な眺《なが》めが目に入った。使っているのは大柄な若者で、知子は彼の後ろにいた。あいつがずっと使い続けているので知子は待たされているのだろうか？

店に入って知子に語りかけた。

「どうしたんだ」

「ああ、わたしがずっと独占していちゃ申し訳ないと思って、ちょっと替わってあげたのよ」

大柄な男がじろりと大原を見た。

「あとどのくらいある？」

「まだ半分しかいってないわ」

知子が持っている袋は四袋しかない。

「美咲もやってくれているのか？」

「あの子はあっちのSにいっている」といってから非難がましく続けた。

「あなた、お礼の言葉もないの」

「あ、ありがとう。会社にいますぐにこの資料を持ってこいといわれたんだ。資料を渡したら今のおれの仕事が出来なくなってしまうから、きみにコピーを頼んだんだ。時給はきみにも払うよ」

いいながら知子が自分に丁寧語《ていねいご》を使っていないことに気付いた。

「時給はわたしにはいいけど」

男の作業が終わりコピー機が空いた。すぐに知子が機械の前に立った。手際よく資料を原稿ガラスに載せてボタンを押しながらいった。

「びっくりすることがありましたよ」

ピンとくるものがあったが、自分から答えはしなかった。外れたらがっかりする。

「あなたの子供は美咲だけじゃないのよ」

「拓也か」

「あの子、自転車に乗って、バス通りのFまでいっているわ」

「本当か」

「ウソ言ってどうするんですか」

手を休めずに知子が続けている。

「どうしてそんなことになった」

「あなたにいわれたことを美咲に話しているのが聞こえたのね。急に部屋から出てきて、おれもやるって」

「驚いたな」

「一昨日《おととい》、何があったの」

何を問うているのか半信半疑だった。

「あなたのTシャツの背中に血がついていたわ」

「蚊に刺されて掻《か》いた痕《あと》だろう」

「蚊はもうこの辺りには出てこないわ。本当のこと教えてよ」

「あいつに聞けよ。きみの守備範囲のことなんだ」

両手で資料の束を持って大原の胸に押し付けた。

「もうあなたの言っていた守備範囲はごちゃごちゃになっているでしょう」

「すまないとは思っているが、これは突発事故なんだ」

「そっちの守備範囲だけじゃない、こっちの守備範囲もごちゃごちゃ……」

「おれがやるよ」

大原は知子と代わろうとした。見守っているだけでは何の役にも立っていない。

ふと思いついた。

「あいつ大丈夫かな」

「なんのことよ」

「学校に行っていないことをいじめの材料にする奴だっているだろう。そういう奴にF界隈《かいわい》で出くわすかもしれない」

一昨日のカツアゲ少年も拓也の同級生かもしれないという思いが過《よぎ》った。

「いじめじゃないのよ」

「どういうことだ」

「それはわからないけど、いじめじゃないようなの」

なんだか不安になってきた。

「あとどのくらいかかりそうだ？」

「二十分ね」

「終わったら家にいっていてくれ。おれもすぐに戻る」

そういって店を飛び出した。

Fが見えてきたところで足を弛《ゆる》めた。少し息が上がっている。

専用駐車場を横切ると、ガラス越しにレジの傍《かたわ》らのコピー機の前に立っている後ろ姿が見えた。拓也に間違いない。振り返っても見られないバンの陰で足を止めた。

拓也は知子よりおぼつかない手つきでコピー機を操っていた。十七歳になった息子がこの距離で何か作業をやっているのを見るのは初めてだった。見知らぬ他人を眺《なが》めている気分になった。

傍《そば》に行くことがためらわれた。長いこと自分と知子の庇護《ひご》の下にいた拓也はそこから飛び出し損ねているが、飛び出そうとはしているのだ。視線を巡らしても、店の中にも外にも一昨日のような怪しげな人影はない。大原は十メートル先の拓也に背を向け、知子のいるFのほうへと戻っていった。

胸のポケットで携帯が鳴った。

送信者を確認すると「永瀬亮」とある。

「はい」

「ああ、永瀬です。さっきは失礼しました」

「ああ」

「こんなことというのは言い訳がましくていやなんですが、さっきのことは玉木さんに無理矢理やらされまして、私が望んだことじゃありませんよ」

「分かっているよ」

「私も、玉木さんと会長から、大原さんが何をやっているのか、お前は知っているだろう、まだ北畠元会長のことを調べているのかと問い詰められましたが、何も知りません、の一点張りで答えましたからね」

「隼人、社長はどうなんだ？」

「社長は終始冷静にしていまして、会長が指示して玉木さんが動いて私と佐伯さんが使われているという感じです」

「きみや佐伯君があんなことを自分からやるはずがないのは分かっているよ」

模式図が作れそうなほど分かりやすい構図だった。しかし隼人が夫人のやり方に賛成していないのなら、もう少し積極的に自分の意見をいって、こんな馬鹿げたことをやめさせせもいいのではないか？　わが子可愛さに豹変《ひょうへん》したあの母親に逆らうことができないのだろうか？


電話を切ってから思った。自分は結局、いくつもの社命を破ることになる。それがスポンサーからの収入を失わせることになるのなら懲戒解雇されても仕方ないだろう。それと引き換えにおれは何を得るのだろう？

「京桜事件」の真相を知ること。しかしおれは本当に真相に近づいているのか？　北畠の話していることは真相に近づいているのか？　遠ざかっているのか。

　これから後、何度か続くインタビューの中で北畠は少しでもおれを真相に近づけてくれるのだろうか？　その真相を知ることはおれの懲戒解雇に見合うほどの何かをもたらしてくれるのだろうか？　おれは何を知りたいのだろう？


　Fの前を通りかかるともう知子の姿はなかった。小走りになって家に戻った。

「どうでした？」

　知子がいった。

「ちゃんとコピーしていたよ」

「嫌がったでしょう」

「遠くから少し見ていただけで見られるようなことはしなかった」

「それが正解ですよ」といいかけて口調を変えた。

「そうともいえないか。あなたが乱暴に拓也に接近していったことが何か変化を起こしたんですものね」

美咲、拓也の順番に帰ってきた。

「これ、約束のものだ」

大原は二人に二千円を渡すと、美咲は「ラッキー」といい、拓也は無言で受け取って部屋に籠《こも》ってしまった。

書斎に入り急いで漏《も》れがないかチェックしながら、コピーはデスクの上に、原本は茶封筒の中に収めた。

とくに北畠からの手紙が気になっていた。知子がコピーした資料の中にそれはあった。

茶封筒にしまおうとして手を止めた。これはまったく自分の才覚で手に入れたものだ。会社の共有財産として資料室に戻さなくてもいいものではないか。

手紙の原本もコピーもデスクの上に置いた。これはおれのものだ。そう思ったが、原本は鞄に入れた。万一これについて何かいわれたとき、もう一度家に戻る羽目になるのはまっぴらだ。


一時間後、嵐出版社に戻った。

二階に行くと大半の社員が昼飯に出かけてしまった昼休み、副編集長のデスクに玉木の姿があった。

「遅かったですね。会長が待ちかねていますよ」

会長の犬になったことを隠そうともしない姿が笑えた。

「これでも急いだつもりですがね」

すぐに三階に連れて行かれた。会長は不在で隼人だけがいた。

「ああ、すみませんね。私としてもスポンサーの意向は大事にするしかないものですから」

隼人に資料の袋を渡すと傍らの玉木がいった。

「大原君、これで間違いなく全部なんだね」

「ええ、間違いないですよ」

「社長、全部かどうか、確認のしようがないんですが、どうしましょう」

「それは大原さんを信用するしかないでしょう。それに基本は大原さんにこれ以上京桜事件に関わって欲しくないということですから、それを了解してもらえばいいんです。資料の提出はその証《あかし》ということです。ねえ大原さん、それでよろしいですよね」

ええ、とうなずかざるを得なかった。隼人のいうことのどこにも非難すべきところはない。

自分が社命に逆らって「京桜事件」のこれ以上の真相を知りたいのなら、「ビジネスウォーズ」と縁を切って、その名前を使うことも給料もオフィスも、「ビジネスウォーズ」が与えてくれるすべての恩恵を返上して、個人で勝負をするしかないのだ。

しかし一点だけ自己弁護の材料がある。もし岳人が存命だったら、スポンサーを一社失ったとしても「やってみろ」といってくれたのではないか。自分は「ビジネスウォーズ」の創業者とそういう理解のもとにタッグを組んでいたのだ。

もう一点、自己弁護ではないが交渉の材料がある。

「自分にも数社のスポンサーがついている。この数社の広告料を合計すれば京桜電機一社より多いだろう。この条件があるのだからおれの京桜電機の取材を許してくれてもいいじゃないか」

しかしいまこの二つを持ち出して大原は夫人と争う気にはなれなかった。ギリギリのところまで会社に嘘をついて、給料にしろ肩書にしろ京桜事件の真相を探るための有利な立場を保っていたい。

会長兼社長室を辞して遅い昼飯を取りに外に出た。あの日以来、玉木が食事の場所に不意に現われるような気がすることがよくあったが、今日は大丈夫なようだ。

今朝から起きたことが本当にあったように思えなかった。

会長に呼び出され、資料を取りに自宅まで戻らされ、家族総出でコピーを取り、原本を会社まで運び、もう一度、隼人に京桜事件に関わらないことを念押しされはっきり了解をした。背水の陣に押しやられたのだ。そこから逃れる方法はない。自分はいずれ背中に背負った水の中に落ちることになる。

食事を終え、ランチについていたコーヒーを飲み終えたとき携帯が鳴った。

玉木だった。

「大原君、資料の中に欠けているモノがありますね」

「はあ？」

「きみ、北畠社長から手紙をもらったと自慢していたでしょう。あれが入っていないのですがね」

何と答えよう？　一瞬いくつもの回答案が脳裏を巡った。

「はあ？」よく聞き取れなかったふりをして時間を稼ぐと、同じ質問を玉木がくり返した。

「そんなことはいっていませんよ」

「この期に及んでそんなデタラメをいうなよ。確かにいっていたじゃないか」

電話の向こうで何かやり取りがあって違う声が出た。

「いやあ、変な電話ですみませんね」隼人だった。

「言っていたか言っていないかは水掛け論なのでいいんですが、大原さんは北畠さんからの手紙をもらっていたんですよね」

「あ、はい」

「それが持ってきていただいた資料の中に入っていないというのですが、それはどうなっているのですか？」

「あれは資料ということではなく、私的な郵便物ということで対象に入らないかと思いまして」

「私的かどうかの判断は難しいですが、基本は大原さんが京桜事件に触れない証として、資料をこちらで保管させてもらうということですから、やはりそれも出していただきたいですね、もちろん今日中じゃなくて、明日もってきてもらえればいいですから」

反論する余地がない。反論して筋を追った議論をしたらすぐにでも嵐出版社を辞める所まで行ってしまいそうだ。

「分かりました」

電話を切って冷めたコーヒーを口に運んでいる時、何かが頭をよぎった。

二人とのやり取りから引き起こされた違和感である。彼らの言葉のどこがおかしかったんだろう？　言葉を頭の中で反芻《はんすう》したが、分からなかった。

3

集中力を高めせっせと北畠の言葉を起こしていたが、しだいに作業が停滞気味になっている。

インタビューの後の方になるに従い、北畠の言葉が聞き取りにくくなっているのだ。滑舌も悪くなっているが、それより声が小さくなっている。インタビューの最中には気付かなかったが、肉を切らせて骨を断つように喋《しやべ》り続けることは彼の体力を消《しよう》耗《もう》していたのだろう。

聞き取れても意味が分かりにくかったり、原稿にするほど大原が詳細を知らないテーマや言葉もある。証言の合間に背景の事情を書き加えて展開を立体的にしたくなる部分も少なくない。

そのつどネットで確認していく。

北畠と鈴木の共闘と確執についての北畠の話は大原の想像を超えていたが、聞けば腑《ふ》に落ちる部分が多かった。

そこを一般の読者にも説得力あるような原稿にするには、あの狂犬のような鈴木にどんな経営者としての能力が備わっていたのか、北畠の言葉が省いた部分も加筆して読み手の共感を誘わなくてはならない。


ふっと手が止まった、いや原稿を追う思考が先に止まった。コーヒーを飲んでいたとき頭をよぎった違和感の理由が浮かび上がった。

自分が北畠から二通の手紙をもらったことは社内の二人にしかいっていない。一人は前編集長の五十嵐岳人だ。手紙をもらって自分の席で二度読んでから喜び勇んで三階の社長室に駆けあがった。

大きなデスクでゆっくりと読んだ岳人はやおら立ち上がり大原の肩を叩《たた》いていった。

「よくやったな、君も大きくなった」

いつも短い言葉で巧《たく》みに褒《ほ》めてくれる。そのひと言が聞きたくて大原定期便を続けているようなものなのだ。しかし大原も岳人もそれ以外のスタッフにそのことをいわなかった。口の軽い彼らに伝えると、余所《よそ》で吹聴されてまずいことになるかもしれないと阿吽《あうん》のうちに考えていたからだ。

しかし二年前、「京桜電機事件」が起きて「ビジネスウォーズ」に大原が記事を書いたとき、データマンに起用した永瀬亮に夜中、他の社員が一人もいなくなったオフィスでそっと見せたことがある。信頼していたし、見せたほうが取材に力が入ると思ったのだ。

永瀬が隼人にそのことを話したんだ。永瀬は玉木のように隼人と夫人の軍門に下ったのだ。


いつも計ったように正確に十九時半に階下から声がかかる。

「ご飯ですよ」

それが大原の体内時計と重なってきているから、短い時間で切り上げて降りていく。テーブルに着くのはいつもの通り二人だけだが、あのコピーの日以来、それまでと違う空気が家の中に漂っているような気がする。

大原と知子の間に今までなかった了解関係が成立したということなのかもしれない。踏み込まないようにしていた互いの領域の大変さを知った。それだけで違う空気になる。

カキフライが大きな皿に盛られていた。昔、カキフライが好きだといったことを知子はずっと忘れないでいる。そういうことは感情の問題ではなく主婦の務めだと思っていたが、感情の問題かもしれないと思った。

「なんでもあり、はどうなったんですか」

付けられているテレビがＣＭになったとき知子がいった。

「敵はますます頑張《がんば》っている。こっちも給料を取るために嘘ばっかりついているからいい勝負だけど」

「あなたって嘘つけるの」

「うむ？」

「美咲にも拓也にも小さい頃、嘘はつくなって厳しく怒っていたじゃない」

「親は、子供にはそういうものだろう」

「大人ならいいんですか」

「よくはないんだろうけど、背に腹は代えられない。嘘つかなかったら仕事探しをしなきゃならないからな。そしたら今やっている仕事が出来なくなる」

そこでＣＭが終わりまたドラマが始まった。

4

ドアの外で音がした。

時計を見ると12:30だ。トイレではなくまた外に行くのだろう。

先夜の恐喝にも懲《こ》りず拓也は二、三日に一度、深夜のこの時間に外出をする。

もう大原は拓也を守るためその後をついていくことはしない。一度、経験しているのだからよほど怖かったのなら家の中に籠っているだろう。出るからには何か身を守る手段を考えているのだ。

ちょっと休憩、と敷きっ放しにしている布団の上に横になった。

北畠会長は頭から湯気を立てて怒っていた。

「なんて原稿なんだ。おれの言ったことを全く理解していないじゃないか。おれはこんなバカなことは言っていないぞ」

「すみません、すみません。しかし私は会長のいわれたことを忠実に……」

バカヤロウ、バカヤロウ、バカヤロウ。

「あなた、あなた」

自分を呼ぶ声が耳元でしていた。

知子だと分かってほっとした。もう北畠と仕事が続けられないと絶望的な気分になっていたが、夢だったのだ。

「なんだよ」

寝ぼけ声になった。

「警察から電話があったんです」

すぐに理解できなかった。

「拓也が警察にいるらしいんです」

がばっと起き上がりながら聞いた。

「どういうことだ」

「誰かと喧嘩をしたらしいんですが、通報されておまわりさんが来て、相手と一緒に交番まで連れて行かれたということで、未成年だから保護者に来てもらいたいというんです」

まだ理解できなかった。登校できないでいる拓也に夜の街で誰かと喧嘩するほどのエネルギーがあるものだろうか？

ふと先日の二人組が頭をよぎった。奴らがまた拓也に悪さをしようとして暗闇にでも連れ込んだとき、拓也が窮鼠《きゅうそ》ネコをかむ勢いで手近の棒ででも殴ったのかもしれない。

慌てて着替え冷水で顔を洗い、知子と一緒に家を飛び出した。

バス通りを駅のほうにしばらく行くと途中に交番がある。

中に飛び込んで、カウンターの内側に座っていた若い警官に言った。

「大原拓也の親ですが、拓也がここに連れてこられたと連絡をいただいて来たんですが」

「ああ、ご苦労様。こっちへ入ってくれますか」

愛想よく言われてカウンターの中に入ると警官は、通常、一般市民が目にする執務スペースの背後のドアを開けた。

その隙間からテーブルの前に座っていた拓也の姿が見えた。大原の傍《かたわ》らをすり抜けるように素早く知子が部屋の中に入った。

「拓也」

そういって椅子に座っていた拓也を後ろから抱きしめるようにした。拓也の唇《くちびる》に小さく裂けた傷が見える。

大原は知子が離れてから、「何があったんだ」と拓也に問うた。

すぐに返事をしようとしない拓也に代わって向かいに座っていた中年の警官が答えた。

「まあ、よくある喧嘩なんですが、おたくの息子さんが相手にしがみついて離れないものですから、通報があってこちらに来てもらいました」

「相手はどういう人ですか」

「学校の友人だということですが、そちらさんは先ほどご両親が来て帰ってもらいました」

「誰なの？」

知子が直接聞いたが拓也は答えない。固い決意のようなものが顔を覆《おお》っている。

「ご両親と一緒に先に帰ったという方は誰なんですか」

今度は中年の警官に向かって訊くと、警官はにやりと笑って答えた。

「いまどきはですね。喧嘩友達といえども個人のプライバシーは申し上げられないことになっています」

「あなた、喧嘩友達なの？」

知子は拓也を見るがやはり何もいわない。

交番からすぐに解放されて、三人そろって家路をたどった。

「まったく心配ばかりかけて」

角を曲がった時、知子がいった。

「喧嘩をしたんだ。いいことじゃないか」

「何がいいことなのよ」

「それは一日中、家の中にいるよりずっといい」

「拓也が大怪我でもしたり、相手に大怪我でもさせたら大変じゃないですか」

「大怪我なんてめったにしないさ。男は闘いの修業もしなくちゃダメだ」

知子に言っているのか、拓也の耳を気にしていっているのか自分でもわからない。

「女だって闘っているんですよ」

分かった分かった、と話がそっち方向に行かないように、早口でその続きを断ち切った。自分と知子のバランスが今までと違ってきたことで、知子の闘いの景色も少しは見えてきている。

「ねえ、拓也」と知子は拓也に声をかけた。

「怪我なんかしないようにしてちょうだいよ」

少しくらいいいじゃないかという言葉も呑《の》みこんだ。

大通りから家に向かう通りに入ったところで拓也がいった。

「あいつ、ぜってえ、やってやる」

「何のこと」といいかけて知子が口調を変えた。

「あなた、やっぱり知っている相手なの？」

拓也ははっとわれに返ったように口を閉ざした。

11章　本命

1

電車を降りてから大原は、二十メートル先の男と同じ距離を保ち続けている。電車の中では何人もの乗客を間に挟んでいたが、いま男と自分の間に目隠しになるものは何もない。

男は上等なスーツを着ていた。靴《くつ》も自分より二ランクはいいものに見えた。そのスーツや靴を手に入れる経済力を与えてくれた会社を、瀕死《ひんし》の目にあわせたという後ろめたさはどこにも感じられない。胸こそ張っていないが、軽やかな足取りで家路への十分足らずの道を辿《たど》って行く。

予《あらかじ》め調べてある独り住まいの家まで、追って行くことになるかもしれない。その方が話しやすいかもしれないと思っていた。

北畠から辛《かろ》うじて聞き取った六人の名前のリストを銀座のホテルに呼び出した夏目に見せると、夏目はためらいなくいった。

「やっぱりこうきましたか?」

「密かに噂《うわさ》されていた人はみんな入っています」

「噂があったんですか」

「親しい人同士、耳元で囁《ささや》けるような小料理屋なんかでですがね、何度か彼らの名が出てきました。しかし六人ものリストはいらないですよ。本命は秋山《あきやま》君ですね。他の五人とはオッズが三倍は違います」

「なぜそう言い切れるのですか」

「私と秋山とは同期なんです。途中から畑はすっかり違ってしまいましたが、その後も年に一回くらい飲む仲でしたので、心の中がけっこう分かります。はっきり言いはしませんでしたが、鈴木さんの側近にひどい目にあわされて、会社に対する強い恨みを持っていました。それが今にも彼の体から噴出してきそうに見えました。それに三年ほど前、奥さんを亡くしています。一人娘はとうに結婚しましたし、彼はもう安全無事な人生を守らなきゃいけないという立場じゃなくなりましたので」

「インフラのこともパソコンのことも分かるんですか」

「彼は、電力事業第三部に居ましたから、パソコンのことはよく分からないと思います。誰か仲間がいたのか、偶然、両方の事業部から告発状が発せられたのか、しかしこういうことは徒党を組んでやることじゃないような気がしますから、偶然の可能性が高いと思いますが」

「六人の中にパソコンのことが分かる人がいますか？」

「N君はパソコン事業部ですが、彼と告発状は似合わないですね」


大原の二十メートル先を行く男、夏目に本命といわれた秋山は、盛り場の外れの小料理屋の暖簾《のれん》をくぐった。紺地の暖簾に「久宴《きゅうえん》」という店名が白地に抜かれていた。

大原はその前を通り抜けながら店の内側を推し量った。勘定は普通のサラリーマンには安くもなく高くもなく、カウンターに五つ前後の席、傍《かたわ》らに四人掛けのテーブルが一つか二つ、もしかすると奥に小さな座敷があって、五十前後の女将《おかみ》と四十前後の板前。

カウンターに陣取ったはずの秋山の隣の席が空いているといいが、と思いながら道を折り返し暖簾をくぐった。

「いらっしゃい」

巻き舌で迎えたのは女将ではなく五十を超えた白髪《しらが》の板前だった。奥さんらしき女性が後ろに控えていた。

思った通りカウンターは六席、手前に二人連れがいて、奥に秋山が座っていた。さり気なく秋山から一つ置いた席に座った。秋山の前にはすでに瓶《びん》ビールが出ていて手酌《てじゃく》をしていた。

大原も瓶ビールにした。突き出しの酢の物が同時に出てきた。ビールを飲みながらどう切り出そうと頭を巡らせた。

秋山と板前は馴染《なじ》みらしい。親しげな一言二言をかわしている。ここで北畠の話をすることなどできはしない。酔ったふりをして意気投合し、「もう一軒行きましょうか」と誘ってみて付いてくるならそこで切り出すか？

大原にはとうていできそうもないアイデアが頭の中を駆け抜ける。

まあ、最終的には独り住まいの自宅まで後を付けてそこで問い質せばいい。正面から答が得られなくても何らかの感触はつかめるだろう。

奥にテレビがあった。ＮＨＫのニュースが流れている。手持ち無沙汰《ぶさた》の奥さんが画面にちらちらと目をやっている。ふいに大原の目を引くニュースが流れてきた。

――井山裕太《いやまゆうた》六冠が高尾紳路《たかおしんじ》名人を破り再び七冠王に返り咲きました。

秋山が嘆声を上げた。

「やったか。大将、二度目だよ、井山裕太、凄《すご》いな」

「はあ、そうだね」

いいチャンスと思って話に加わった。

「凄いですね。私はもう無理だと思っていましたよ」

「いったんは四冠にまでなっちゃいましたからね」

秋山は正面から大原を見た。どこか上野《うえの》の西郷像を思わせる堂々たる顔に不審そうな表情はない。三人で代わる代わる井山裕太を称賛してから大原が秋山にいった。

「囲碁、おやりになるのですか」

「おやりというのも恥ずかしいくらいヘボですよ」

「嬉《うれ》しいな、私も下手の横好きということわざ通りでして」

「そういう方が一番あぶない。井山評を聞けばどのくらい打てるか分かりますよ」

「そういわれるそちらさんが強いということですな」

囲碁好きは相手が囲碁好きと分かると、昔からの友を相手にしているように打ち解けた口調になる。

二人そろって店を出ることになった。同じくらいの棋力のようなので家に来て打ちませんかと誘われたのだ。

都合が良すぎて驚いたが乗らない手はない。

「よろしいんですか」

「ええ、気楽な一人住まいですから」

肩を並べてすぐに盛り場を通り抜け住宅街に入った。大原が囲碁をテーマに語りかけたが、秋山は短い返事しか返さなくなった。

小規模なマンションの向かいにあった小さな児童公園の中に秋山が入っていった。通り抜けるのだろうと思っていたら、ブランコの向こうのベンチに座り込んだ。大原も後を追ったがベンチに向き合うブランコに腰を下ろした。

大原が問いを発しようとしたとき、秋山は顔を上げて口を開いた。

「あなた、どうして私の後をつけてきたんですか？」

鼓動が急停止したような感覚を覚えた。

「電車の中から私をちらちら見ている奴がいるなと思っていたんですよ。久宴で隣に坐《すわ》られたとき最初気がつかなかったんだけど、井山の話で正面から見たとき分かりました。危ない関係の人には見えなかったし、逃げ出すより理由を聞いた方がいいだろうと思って、ここまで連れてきたんです」

「どうもヘンだと思った。七冠王で意気投合したわけじゃなかったんだ」

男はポケットから煙草《たばこ》を取り出し百円ライターで火をつけた。すぐに大原のところまで臭《にお》いがやってきたが、煙を横に吐《は》くそぶりも見せなかった。

「私に何の用事があるんですか？」

「今度の事件の出発点のあなたに事情をうかがいたいと思いましてね」

「事件の出発点？」

「京桜事件を証券取引等監視委員会に内部告発されたという……」

「あなた、誰なんですか？」

ためらってからこう答えた。

「北畠大樹会長のファンだったものです」

「北畠が、私が内部告発をしたといったんですか？」

その問いは大原の決めつけを肯定《こうてい》しているように聞こえた。

「会長はそうは言われませんでしたが、各方面の方の話を伺《うかが》って秋山さんがあの告発状の主《ぬし》だと理解したわけです」

「あなた、どこの、どなたですか？」

大原はブランコを少し前後させた。

「私、少し前まで『ビジネスウォーズ』の副編集長をやっていました。そこをクビになったんで時間が出来ましたから、この時間を使って京桜事件の真相をとことん追求しようと思っているんです」

「北畠の知り合いなら彼に聞けばいいじゃないですか」

「会長にも聞いています。ヒントになることは話してくれましたが、あなたのことまで会長は知りませんでしたよ」

「北畠は何といっているのですか？」

「会長だけではありませんが、各方面からの証言を総合して秋山さんである可能性がダントツで高いという結論が出ているのです」

「各方面って、誰ですか？」

秋山は少し苛立《いらだ》ってきている。

「我々ジャーナリストには守秘義務というものがありまして」

秋山が鼻の先で笑った。

「あんた、私にこんな傍若無人《ぼうじゃくぶじん》なやり方で接触して来て、荒唐無稽《こうとうむけい》な話を訊こうとしているのに自分は守秘義務ですか。ジャーナリストってのはまったく調子のいい商売なんですな」

「第二人事部長も重要な証言者です」

「ああ、首切りWか。あんたの情報ルートはだいたい想像がつきましたが、あれはまったくのデタラメなんだよ」

「あれというのは」

「第二人事部で容疑者を洗い出して徹底的に訊問《じんもん》したという話だよ。おれの耳にもあちこちから聞こえてきている」

「どうデタラメなんですか？」

「あんなことをやって告発状が北畠派から出たか鈴木派から出たかを確定して、何になるというのかね。社内にいっそう疑心暗鬼が広がり、あんたのようなメディアが喜んで、またあること無いこと書きたてるだけだろう」

「現代のメディアは無いことなんて書きませんよ」

「書いてるだろう。最初はインフラ関係の告発状だから北畠派が仕掛けた。そのリベンジとして今度は鈴木派が北畠派の内情を告発した……、テレビドラマのような軽薄な推測をあっちでもこっちでも見せられたよ」

「あれはどのメディアも、ちゃんと推測として書いているじゃないですか。いまのメディアは嘘と分かって書いたりしませんよ。違っていたんですか」

「バカバカしくて答える気もしないよ。そもそも証取さえ誰から送られたものか分からんのに、周囲が分かるはずがないだろう」

「第二人事部なら突き止められると思って、慌《あわただ》しくでっち上げられた社長が彼に命じたということでしょう？」

「本気でそう思っているのか。検察でもあるまいに民間でそんなことを調べ上げるなんてできっこないさ。検察だってしばしば冤罪《えんざい》を起こしている」

「しかし第二人事部は……」

「考えてみなさいよ。社員に辞表を書かせてクビにするのと、告発状を書いた犯人を見つけるのとではわけが違うだろう。警察でもあるまいし」

「……」

「あれは会社が、やっているふりをしただけなんだ」

「ふり？」

「京桜の誰かから当局へ告発状が出たんだ。京桜としても社の内外への建前上、誰が犯人なのか調べないわけにいかないだろう。それで形だけやったんだよ。北畠さんのPC部門と鈴木さんのインフラ部門から公平に見えるように同じだけの人数を選んで、ヒヤリングをしたふりをしたんだ」

「本当ですか」

「ああ、世間話風のヒヤリングの時、おれは第二人事部長から『いったい誰があんな馬鹿げたことをやったんだろう』と聞かれたからね。少なくともおれのことは疑ってはいなかったんだ」

いつの間にかブランコを揺らしていた。思ってもいなかったことを聞かされた動揺にじっとしていられなかった。

(犯人を捜《さが》すふりをしていたのか)

足を地面から離しブランコを漕《こ》いだ。長いこと忘れていた懐かしい揺れが腰から体じゅうに広がってきて心地よかった。

意識して大きく漕いだ。足が秋山を蹴りそうな錯覚を覚えるほど大きな揺れになった。

秋山はベンチから立ち上がり大原の隣のブランコに座った。すぐに自分も漕ぎ始めた。

二つのブランコの揺れ幅が重なって二人が隣り合ったとき大原が訊《たず》ねた。

「第二人事部長には本当に告発者を探し出すつもりはなかったんですか」

「できっこないでしょうが」

「京桜社内で、あいつじゃないか、というような噂くらい立ったでしょう」

「まったく根拠なく誰かを思い浮かべることは私だってあるよ。あいつ、血の小便をもらすほど鈴木にひどい目にあっていたから、我慢できなくなったに違いない、とか。そうやって思い浮かべていくと私だけでもすぐに十人くらいなってしまう。そういうの、みんな合わせたら社員の一割くらいになるんじゃないかな」

「北畠さんも、調べているふりだって知っていたんですか」

「もちろんだよ。社長経験者三人とでっち上げられた社長でその方針を決めたんだから。あの時点では三人組もまだ会社に部屋も持っていたからね」

そういう記事は大原も目にしていた。その時こんなにけじめがないから京桜はダメなんだと思った。

大原が揺れに合わせて呟《つぶや》いた。くっだらねえ、くっだらねえ。

「あんただってそういう噂をネタに記事を書いていたんじゃないか」

「ああ、だから自分のことを言っているんですよ」

くっだらねえ、くっだらねえ。

「私だって、くっだらねえだよ」

いっそう大きくブランコを揺らしながら秋山がいった。

「その第二人事部長に斡旋《あっせん》された転職支援会社で今度の就職先を見つけたんだからな」

「それで今の日央《にちおう》大学にいったんですか？」

「そうそう。彼が直接、理事長に口をきいてくれたんだ。私らの年じゃ、転職支援企業に行ったってなかなか決まらないのよ。転職業界じゃ、年齢の十倍の数の企業を訪問しろっていわれているんだけど、私は三社目で決まった。第二人事部長が秋山さんには冤罪で迷惑かけたからなといってくれたんだ」

「……」

「それで三人の社長らが引責辞任になったら、そのチームは煙の如《ごと》く消えてなくなった。まあ告発者を調べていたことだって、知る人ぞ知る程度だったから何の影響もなかったけどな。あんたらだって社内にそういう調査が始まったことも終わったことも知らなかったんだろう」

漕ぐ力が抜けて大原のブランコの揺れが小さくなった。

「何をやっているんだか」

「そう。何をやってんだかって、おれたちはいつもそう思っていたよ。今度メディアがやっていたことで唯一目を引いたのは膨大な社員たちの投稿だけだね。あれで私の知らない余所の現場のことがよく分かったからな」

「知っていたんでしょう」

「いや、現場ごとに違う地獄があったんだよ。死ぬよりつらい地獄もあればぼうんとましなところだってあったんだ」

秋山のブランコも速度を失い、秋山は不意にブランコから勢いをつけて飛び降りた。

2

家についたのは十一時を過ぎていた。待ち構えていたかのように知子が玄関に迎えに現われた。

「驚くことがあったのよ」

拓也がまた喧嘩をしたのかと思ったが、それにしては顔が明るい。

「拓也のことか」

廊下に上がりながら問うた。

「あの子、今日の夕御飯の時、一階に降りてきたのよ」

「へえ、一緒に飯を食ったのか」

「ちょっと椅子《いす》に座ったけど、やっぱり持ってきてくれって二階に上がっちゃった。それでも大進歩でしょう」

「そうだな」

「それでちょっと気になることがあるんですよ」

「……」

「あの子、なんかちょっと体格がよくなっちゃって」

「どういうことだ」

「腕とか胸の筋肉が、急に逞《たくま》しくなったような気がするの」

「うむ？」考え込んでから問うた。

「それがどうした？」

「あの子、喧嘩に備えて体を鍛えているんじゃないかしら」

「まさか」

半信半疑の声が出た。あいつにそんな度胸があるのだろうか？

「怪我するのもさせるのも困るわ。あなた、あの子になんとかいってよ」

「おれのいうことを聞くわけがない」

「ここのところ、聞いているみたいじゃないの」

「きみのいうことのほうが効果あるんだよ」

「おれは飯は食ったから」といって自分の部屋に行き、パソコンを立ち上げた。

頭に残っている秋山から聞いたばかりの話を原稿に起こし始めた。

京桜電機の社内に「証券取引等監視委員会」に告発した社員を突き止める部署が設けられたこと、その疑いがある者として最終的に六人にまで絞ったこと、しかしそれは本当の犯人候補ではなく、これ以上京桜電機の醜態《しゅうたい》を社内外に曝《さら》さないためのアリバイ工作だったこと。

それは北畠だって知っていたはずのことなのだろう。なぜ自分にはもっともらしくアリバイ工作を虚像のまま伝えたのであろうか？

余命が月数で数えられる病状であってもエエかっこしいをしたいのだろうか？

「そうね、やっぱり月刊文潮かな」

そういったときの北畠の微妙な表情がよみがえってきた。

秋山の証言を取材原稿に起こし、北畠のインタビュー原稿に組み合わせる作業を終えたのは夜中の一時を五分過ぎていた。

気分がすっかり高揚《こうよう》していた。

新証言や背景説明の原稿に、北畠への大原の違和感がしっかり表現されていた。露骨ではないが読む人が読めばわかる、もちろん北畠にはわかるだろう。

この原稿を丸ごと北畠に見せるか、インタビューをした部分原稿だけを見せて間に挟む原稿は見せないほうがいいか、原稿を作成しながら迷っていた。見せなくても「これは見せてくれよ」と何度もＩＣレコーダーを指差した北畠との約束には反しない。しかし仁義にはもとるだろう。

書き終えた原稿を精読し直したとき心は決まっていた。

(全部を見せよう)

多分、北畠から文句が出るだろう。

「約束が違うじゃないか」

「会長の発言はそっくりそのまま起してあります。お約束通りです」

「こんなものを間に挟んだら、おれの考えを否定するようなものじゃないか。きみの後出しの資料や証言の方が正しいと読者は思うんだよ」

その時はこう答える。

「だったら会長の再反論を下さい。それを加えれば会長のご意見が後から提起されることになります」

「またきみは何か書き加えるんだろう」

「会長に最後まで再反論をしていただきます。会長の最終的な反論を加えた段階でこの記事は最終稿とします。そうお約束します」

北畠にはとことん思うことをいわせる。そして北畠の立論に詭弁《きべん》や誤解があれば、自分はそれを証言や資料で質《ただ》していく。それへの再反論も受け付ける。後の判断は読者に任せるだけだ。

デスクの傍らに畳《たた》んでいた布団《ふとん》を拡げて身を横たえた。身心が消耗《しょうもう》しきっているのが分かった。

何か重たいものが全身に伸《の》しかかってくるような感覚があった。

それは北畠の遺書ともなるべきインタビュー原稿の重さなのか、「ビジネスウォーズ」の社命を破ってこれに取り組んでいることの重さなのか、北畠が望む「月刊文潮」や「中央ビジネス」での掲載がどうなるか不安を感じていることによるものなのか？

いやもっと根本にあるのは、この原稿が社会に訴えかけるにふさわしい中身を持っているかどうかということだろう。スキャンダラスな記事を求める媒体なら間違いなく掲載してくれるだろうが、社会的な意義を考えるメディアではどうなのだろう？

「ビジネスウォーズ」で記事を書き始めるようになって間もなく、スキャンダルを報じることと社会的に意義あることを報道することとの差がよく分からなくなった。権力者のスキャンダルを暴けば社会的に意義がある。スキャンダルを軽んじれば権力者はやりたい放題になる。

しかしこのインタビューは、社会的大事件を引き起こした「戦犯」に、手前勝手な自己弁護をさせたスキャンダラスな記事と受け止められたくはない。

北畠の言い分に一理も二理もあると感じたが、その行間に違和感も覚えた。その両方がきちんと表現される原稿にしたはずなのだが、そうなっているかどうか、自分ではよく分からない。

他人の原稿なら一読しただけですぐに判断ができる。テーマの社会的意義とインパクト、それを充分に表現する構成力に文章力、どこかに誤魔化《ごまか》しやハッタリがないか。しかし自分の原稿になると、へその緒《お》が自分の内側とつながっているから分からなくなってくる。

北畠に見せる前に誰かに見てもらって価値を判断してもらいたい、という迷いが大原の内側を漂っている。

以前だったら迷った原稿は岳人が見てくれた。

「いいじゃないか」といわれればいっぺんに迷いが晴れた。「ここがもう一つだろう」といわれればそこを直して「いいじゃないか」を勝ち取るまでだ。年に一度か二度、渋い顔をして何もいわないことがある。そんなときは全面的な書き直しだ。深夜十二時に脱稿したはずが翌朝までかかって書き直し、ようやく「こんなものかな」という言葉を岳人の笑みと共に得るのだ。

三十代まではそういうことがあったが、それ以降、岳人は大原が迷って差し出す原稿を読み終えてもうなずくだけだった。ダメ出しをすることはなかった。ダメ出しをされるより怖かった。自分のものの見方がそのまま世間と勝負をするのだ。

「ナンセンス」と袋叩きに合うかもしれない。「インチキ情報を基に書いている」とせせら笑われるかもしれない。

誰か読んでくれる人がいないだろうか？

田中雄介、夏目、秋山、その他の取材源……、何人かを思い浮かべたが、どの顔もすぐに首を振って頭から振り払った。自分の企業観、価値観をさらけ出し、当否を確認できる相手をおれはもう持っていないのだ。

ふっと知子の顔が浮かんですぐに却下した。

布団の中に沈み込みそうな上体をむりやり布団から引きはがした。眠る前にまだやらなくてはいけないことがある。

座布団を手にして、ドアを開け、廊下に出て、拓也のドアの前に座布団を敷いて、座った。

胡坐《あぐら》から結跏趺坐《けっかふざ》の姿勢に移り、目を半眼にした。頭の中を流れるよしなしごとを受け止めることをせず、身心をそれを包んでいる気に溶け込ませるようにする。由緒正しき座禅の作法ではないが、自己流のこれをしないと拓也に言葉が届かないような気がしている。

しばらくすると体のあちこちから音が聞こえる。骨のきしむ音や内臓がうごめく音のように思える。自分の肉体に本源的に備わっている自然の働きを取り戻しつつあるような感覚がある。

自然の働きを取り戻している大原の五感がドアの内側のかすかな気配を捉えた。

「拓也」

部屋の中の気配が一瞬で静まり返った。

「母さんがいっていたが、お前、体を鍛えているのか」

もはや気配は感じられない。

「あいつをぜってえ、やってやるのか」

呼吸も止めているかのようだ。

「一週間前だったら止めはしなかった、そうすればお前はその部屋を出られるようになるだろうと、思ったからだ。でも今は止めるぞ」

話しているうちに頭の中でいうべき言葉が定まってきた。

「いまのおまえはあいつをやらなくても、もうその部屋を出られる。何かやったりしたら、下手をすりゃ別の部屋にもっと長いこと閉じ込められるかもしれない。そんなことバカらしいだろう」

それまでも静謐《せいひつ》だった部屋の中がさらに静まり返っていくのが感じられた。

「二十歳過ぎたら、いや二十歳過ぎなくてもこの家を出て一人で暮らすようになったら父さんのいうことを聞かなくてもいい。ここでお前のことを心配している父さんと母さんの下で暮らす以上は、おれたちのいうことを聞かなきゃダメだ」

言葉の途中で階下から忍ばせた足音が上ってくるのが分かったが、ダメ押しのような言葉を続けた。

「まあ、言わなくても分かると……」

あなた、どうしたの？

階段の中ほどから知子が声をかけてきた。

「ああ」

自分も今気づいたふりをした。

「どうしたの？」

「拓也が体を鍛えたって、母さんがいうからその体力を無駄に使わんようにいっていたんだ」

「そんなこと拓也だって分かっているわよ」

知子がいった。囁《ささや》くような声だったが部屋の中に届いたに違いない。

「さっきは心配だって」といいかけると、知子が唇《くちびる》の前に人差し指を立てた。

拓也に聞かせないふりで聞かせているのだ。大原も小声になった。

「おれにも分かっているけど一応言っておくのが父親の役目だろう」

12章　原発列島

「約束が違うじゃないか……」

部屋に入ったとたん、ソファに横たわっていた北畠が怒気鋭くいったが、言葉の途中からむせて声が掠《かす》れた。血管の浮いた手には大原が送った原稿が握られていた。

「どこがお約束と違うでしょうか？　会長のお話しになられたことを忠実に再現したつもりですが」

座れといわれないので立ったまま答えた。

「おれの話の間におかしな文章を山ほど挟み込んであるじゃないか。これではおれの話の筋道が曖昧《あいまい》になってしまう」

「出来事の背景ですとか、少し専門的なお話については解説をしないと読者に理解していただけないので加筆したのです。そういう部分はきちんと会長のお話と分けて、誤解が生じないようにしてあります」

「分けたって駄目だよ。現にきみに話したおれが、こんなことをいっただろうかと混乱したくらいなんだから」

　もう自分を「私」というのをやめてしまった北畠が言いつのろうとした時、背後のドアが開いて北畠夫人が姿を現わした。

「あらあら、大原さん、まだそんなところにお立ちになって、どうぞお座りくださ
い」

　大原が北畠の斜め向かいに座ると、夫人がテーブルの上に紅茶のカップを並べ、優雅な仕草でティーポットから淡い紅色の液体を注いだ。

　夫人の出ていくのを待ちきれずに北畠がいった。

「これじゃあ、おれの話がすっきりと読者の頭に入っていかねえじゃないか」

　北畠は口調を繕《つくろ》おうとはしなくなっている。よほどこの原稿に苛立《いらだ》っているのか、病状が進行して平静を保っていられないのか、判別が出来なかった。

　先日、夜陰に紛《まぎ》れるようにして原稿を北畠家に届けたとき、夫人が受け取りに出、北畠は姿を現さなかった。その時も玄関に出られないほど病状が進行しているのか、ならば早く作業を進めないと一番重要な質問に答えてもらえないと焦《あせ》りを感じた。

　じりじりして返答を待っていた昨日、突然夫人から「明日来ていただけませんか」

と電話をもらい、他の約束をキャンセルしてやってきたのだ。

「余計な文章はきれいさっぱり取り去ってくれ」

原稿を乱暴につかみ手の甲でその表面を何度も叩《たた》いた。

「そうすると会長のお話を理解できない読者だって出てこないとも限りませんよ」

「馬鹿やろう」といいかけたところでまたむせた。甲高《かんだか》い咳《せき》の合間にヒューヒューという苦しげな呼吸音がした。大原は慌《あわ》てて北畠の横に座り背中を撫《な》でた。二週間前よりさらに肉が落ち、肋骨《ろっこつ》が露《あらわ》になっていた。

「そんなことも理解できない奴らには読んでもらわなくてもいいんだ。おれの今までの人生は、上位一割のレベルの高い奴しか相手にしてこなかった」

「しかしそれではせっかく大勢の読者に読んでもらおうということで『月刊文潮』に掲載しても意味がないじゃないですか」

ふっと背中の手触りに変化があった。

「そうだ、そうだ。『月刊文潮』はどうなった? 載せさせることができるのか」

「この原稿を見せてからでなくては、文潮の編集部も判断できないじゃないですか」

「まだ見せていないのか。きみとしたことがとろとろしているな」

「その前に会長のご判断を仰ぐというお約束になっていましたから……。会長がご覧になってご了解をいただく前に見せてはまずいでしょう」

ふうむ。溜息《ためいき》を吐《つ》くように息を継いだ。

「紅茶をお飲みになりますか」

声をかけると北畠は上体を起こした。骨ばった手を伸ばしてカップを持ち、ゆっくりとひと口飲んだ。しわで覆《おお》われた喉仏《のどぼとけ》が二度、三度と上下した。

「文潮の編集部は間違いなく、会長のご発言の間に挟んだ解説の部分が必要だといいますよ」

肉が落ち深い二重になった眼で北畠は大原を見上げた。

「きみがでっち上げた解説じゃなくて、おれの発言が文潮にとって価値があるのだろう」

「もちろんその通りですが、生きるか死ぬか、ギリギリの所で闘っている企業の最前線に目をつぶった生ぬるい世論を根底からひっくり返す会長の中身の濃いご発言を、この解説の部分が立体的にして迫力をいやが上にも増すんです」

北畠が笑い出した。

「お前はいっつも口がうまいな。べんちゃらと分かっていてもその気にさせられる」

「私がこれまでお付き合いしてきた経済人には、おべんちゃらに心を動かす方など一人もいらっしゃいませんでした。中でも北畠会長が一番手ごわい方です」

「それだ、それだ、それがべんちゃらだよ」そういってまたむせた。

「しかしこのままじゃ必ずおれの話ときみの解説を混同して読む奴がいる。それは絶対に許せない」

「それでしたらゲラの段階で会長のご発言と解説や別の人の証言の部分の区別がもっとはっきり分かるようにしましょう」

「そんなことができるのか」

「会長のご発言はくっきりわかるようにゴチック体にして、解説や他の証言は細い明《みん》朝体《ちょうたい》にして、それぞれの内容が分かるような小見出しをつけますよ」

「それもおれに見せてくれるんだな」

「お望みならそういたします」

「よし、それならきみのいう通りでいいことにしてやろう。なるべく早くこの内容で文潮に載せてくれ」

北畠が早口で言った。

「前回、懸案になっていたご質問のお話をまだしていただいていませんから」

「なんだ？」

「二〇〇六年にどういう経緯を経て御社はＮＰ社を買われようとしたのかということです」

「そんなもの当時の原子力ルネサンス状況を考えれば子供にも分かるだろう」

「もう一つお聞きしたいことがあるのでそれと一緒に教えてください」

うむ？　北畠の黒目が宙を半回転した。

「証券取引等監視委員会の開示検査以降、御社は急速に経営不振になって債務超過状態になりました。そこであれ以降、バンバン事業部門を売却してカネを産み出しています。その中には京桜メディック、京桜メモリー、京桜建機など今後の御社の経営を支える部門が多く含まれていて、『これじゃ京桜は再建などできないだろう』と世間は驚いています。にもかかわらず肝心要《かんじんかなめ》の金食い虫ＮＰは売却されようとしておりません。これはなぜなのか？」

「それは」と北畠が言いかけるのに被《かぶ》せるように大原がいった。

「私や世間には色々と憶測《おくそく》がありますす。そのもっとも有力なものは、日米原子力協定のせいで日本は簡単に脱現発ができない。脱原発をしようとすれば、これまで日本が蓄積したプルトニウムはどうなる？　とアメリカから、いや世界中から問われることになる。したがって脱原発ができない、それなら原発は必要なのだからＮＰは売却できない、つまり御社はアメリカに対してちゃんと日米原子力協定は順守しますよという経産省を筆頭とする日本政府の意向で、NPの売却に手も足も出せない、そういうことではないかと、多くの人が推測しているわけです」

「それが邪推というものだ」口汚く北畠がいった。

「かりに脱原発をするならプルサーマル以外の方法を考えればいいんだ」

「そんな方法はありますか」

「いま目の前に解決方法がなくても考えていればいいんだ。プルサーマル計画だってやっている振りのようなものだろう」

それはそのとおりだ。プルサーマル計画はすでにほとんど破綻《はたん》しているようなものだが、日本国は「プルトニウムを管理するための努力はやっていますよ」と内外に抗弁する材料を失わないために膨大《ぼうだい》なカネを注ぎこんでいる。

「日米原子力協定がNP社を売却する妨げにならないのならなぜ売却しないのですか？」

「何を女子供の理屈をいっているのだ。原発の命運がまだ尽きたというわけじゃないからに決まっているじゃないか」

「？」

「チェルノブイリから二十年しか経《た》たないのに原子力ルネッサンスが起きたんだぞ。いや、おれがいいたいのは単に人が忘却する生き物だってことじゃない。人間の技術開発力というのはいつもその時点じゃ想像もできないほど凄《すさ》まじいポテンシャルを持っているってことだ。まだ地球上の一割以上の人は次世代原発が人類を救うと考えているだろうよ。日本は福島があったから三％かな。でもロシアや中国じゃ三十％はいるだろう。危険性ゼロ、プルトニウムの完全に安全な処理の実現。それがすっかり可能になったとき日本の技術的蓄積がまるで白紙でいいかってことだ」

北畠のしわだらけの顔に血の気と艶《つや》がうっすらと浮いてきている。北畠の言う通りかもしれない、と大原も思うことがある。世界の原発開発状況も微妙に地球レベルの風を見はからっている。しかしこのテーマで北畠と五分の議論をする準備をしてきていない。話題を変えることにした。

「それに関連してもう一度、最も原点となる質問に答えていただけますか？　つまりなぜＮＰ社をあんな高値で買おうとしたかということです」

「それが世界の歴史の流れだったからだよ。前世紀の終わりごろ世界はCO_2の削減に大きく舵《かじ》を切り、もう一度、原発を迎え入れることにした。それまでスリーマイル島の破綻で、原発に手も足も出せなかった米国がその先頭に立とうとしたんだ」

「それにしてもそれまで沸騰水型の原発に注力していた御社が、なぜ加圧水型の千代田重工を出し抜こうとしたのですか？　同型のNP社のものなら千代田がふさわしいと周囲は皆思っていました」

北畠がせせら笑った。

「加圧水型だって何も向こうの専売特許ではないんだ。世界の需要がそっちに傾いているんだから、そっちに手を伸ばすのが経営者の使命だろう」

それなりの理屈は通るがもう一段深いレベルの原発に向かう流れを聞きたかった。

「経産と手を握ったんじゃありませんか？　古井卓也《ふるいたくや》あたりと」

古井は経産官僚の切れ者で現在、総理官邸で剛腕を振るっていると取りざたされている。

「いまは総理秘書官だか何だか知らんが、当時あんなチンピラだった男と天下の京桜が手を握るか」

「それならば和泉《いずみ》首相ですか？」

「彼は郵政民営化にしか関心はなかったんだ」

「いったい誰なんですか？　原発業界の最高実力者、つまりいわゆる原発ムラの中心に座って大きな絵を描いて、御社が落札できるようにした人物は誰なんですか？」

「お前はバカか」

「仰せのとおり私は利口じゃないことは自覚していますが〝愚かな大衆〟でもあり〝賢なる大衆〟でもある読者に代わって渦中の人にお話を聞き、真相を探ることを自分に課しているんです。会長もできるだけ多くの大衆の目からうろこを落とすつもりでお話しいただけると幸いです」

北畠の目に粘りのある光が宿った。

「うちはな、おれが見ていた部門は正々堂々、消費者大衆と向き合って闘っていた。優れた商品をコスパに納得感のある価格で提供すれば必ず勝つ、おれはそうやって勝ち続けて京桜電機のトップを任されたのだ。しかしインフラとなるとそうシンプルではない。インフラでは政府が最大のプレーヤーとなる。こいつらを何とかしないといけないのだが、こいつらはまったく合理的ではない、鵺《ぬえ》のような生き物だ」

大原はうなずいた。

「しかしそれだけでもないんだ。インフラにも大衆といってもいいような有象無象が大勢群れ集まってくる」

今度はすぐにうなずけなかった。

「ちょっと、あいつを呼んでくれないか」

北畠があごの先をドアの外に向けた。大原は立ってドアを開け、「奥様、奥様、会長がお呼びです」と声を上げた。

すぐにやってきた夫人に北畠がいった。

「おい、おれの書斎の、デスクの左の端の書類棚の一番下の引出しを丸ごと持ってきてくれないか」

「引出し丸ごとですか？　私に持てるかしら」

「私がお手伝いをしますよ」

「いや、だめだ」北畠が大原のスーツの袖口《そでぐち》を握った。

「きみにおれの部屋に入らせるわけにはいかない」

夫人が部屋を去ってから北畠がいった。

「あいつが持って来るものを見たら、お前は、原発ムラの村長なんてバカなことをいったと自分が恥ずかしくなるだろうよ」

「何なのですか？」

大原は答えず紅茶のカップを口に運び唇《くちびる》を湿らせた。

しばらくの沈黙を経た後、ドアの外から声がかかった。

「大原さん、ちょっとお願いします」

大原はソファから立ってドアを開けようとしたが、何かがぶつかってドアは開かない。

「奥様、ちょっと下がっていただけますか」

今度は開いた。キャリーカートの上にずしりと重たげな木製の引出しが乗っている。中には茶封筒や箱らしきものがぎっしりと詰まっている。

「お手数をおかけしました」

夫人からハンドルを受け取り部屋の中に運び入れた。

「ああ、これだ、これだ」北畠は上体を起こして引出しに手をかけた。

「ここに置いてくれないか」

大原は腰を入れて引き出しを抱え、テーブルの北畠のすぐ前に置いた。夫人が一人でキャリーカートに乗せるには大変だったろうと思わせる重量があった。

北畠は両手をついて引き出しの中を覗《のぞ》いた。一つの茶封筒を手に取り中を改めてから、「これを見てみろ」と大原の胸元に突き出した。

思わず抱えるように受け取ったのは、ホチキスで左肩を止めてある数葉の紙片だった。

中央上部に〈安全・安心を確保する原子力政策の提言〉とタイトルが打たれ、右肩に「日本エネルギー・原子力政策協議会」と提言した組織の名称が刷り込まれている。

見覚えがあった。北畠に面会を求めようと思って大原の「資料袋」の中から引っ張り出して眺《なが》めたはずのものだが、あまり注目してはいなかった。「これは私も持っています」とはいわず、改めて協議会のメンバーの名を確かめていく。

会長はかつて閣僚の一員だった学者である。文武両道の古武士のような風貌を持ち、政治的には与党からも野党からも距離を取り、その意見は清廉であるようなイメージを持っている。

座長には経団協の会長が付き、会員有志には総合商社ベスト・ファイブに並ぶ社長・会長らの名前があり、重電ベスト・スリーのトップの名前もある。

「御社の東町《ひがしまち》さんもいらっしゃいますよね」

「あいつは名前だけだ」

北畠は口を歪《ゆが》めていった。インフラ事業部門の実力者で鈴木邦夫の数少ない子分だという噂は聞いていた。

有力大学の学長や官僚の次官経験者も複数いる。

日本の政界・官界・財界・学界の有力どころをすっかり網羅した感があり、名簿そのものから権力中枢のオーラが立ち上っている。しかもその権力中枢の幅は広かった。

（ああ、こういう権力構造の中に原子力発電は位置取りをしているのだな）

そういう思いがズシリと肚《はら》の底にめりこんだ。

「それはもうそのくらいにして、こっちを見てみろ。それは世間的に見栄えのいい表紙で、こっちが原発を支えている実働部隊なんだ」

北畠がもう一つの紙片の束を大原に差し出した。

「日本原子力産業連盟・会員名簿」

中央上部にそうタイトルが打たれている。その下に「2016年4月1日現在：会員数412社」とあった。これは初めて見る資料だ。

412社の名前はすぐその後に、アイウエオ順に続いている。「日本エネルギー・原子力政策協議会」の名簿にはせいぜい十数人が並んでいるだけだったが、これは（ア）と（イ）の欄だけでそれを優に超している。

驚きの表情はすぐに北畠に見抜かれた。

「なんだ、きみは初見なのか？　おれのところに押しかけて来るにしては勉強が足りんな」

「申し訳ありません。あの当時、日々新しい情報が出てまいりましてそちらを追いかけることに忙殺されまして、こういう基礎資料を当たることがおろそかになりました」

名簿に視線を落としたまま北畠に訊《たず》ねた。

「これはどういう組織なんですか？」

「『原子力が有する平和利用の可能性が最大限に活用されるように』とかいう立派な目標を掲げているが、要するに原発を推進する企業や組織のグループだよ」

「膨大《ぼうだい》な会員がいるんですね」

「数が膨大なだけじゃない。枯れ木も山の賑《にぎ》わいということではなく、日本を代表する組織ばかりだ」

「その代表的な組織を少々見せていただきます」

言いながら大原は名簿の名前を最初から見ていく。
(ア) ＩＦＩ、ＩＦＩ検査計器、ＩＦＩジャパン、愛知金属機械、青森県……。
驚いた。企業だけでなく県まで入っているのだ。

ふっと思い付いて素早くページを繰り原発が立地されている道府県を確認してみた。やはり記憶にある限りの、道府県どころか市町まですべての名前があった。

青森県も、伊方《いかた》町も、石川県も、石巻《いしのまき》市も、茨城県も、愛媛県も、大洗《おおあらい》町も、おおい町も、大熊《おおくま》町も、女川《おながわ》町も……。

市名、町名を目が拾うたびに（ああ、ここにも何か原発関連施設があったな）と思い出した。

あらかたの道府県、市町村を確認した後、今度は建設会社を見ていった。

大手五社と呼ばれる名前ばかりか時々テレビCMで目にする企業は軒並み登場している。北畠の視線が自分の頬に向けられているのに気付いたが、名簿から顔を上げられなかった。

今度は（ミ）で引いてみることにした。案の定、「三菱」「三井」で始まる企業が目白押しだった。次は（ヒ）だ。ここも思った通り「日立」で始まる企業が半数を占めていた。

ほほほという愉快そうな笑い声が北畠の口から洩《も》れた。

「お前の言う原発ムラとはちょっと中身が違うだろう。お前らメディアはいつも机上で思いついた寝言をいっているだけなんだよ。いいかい、原発の立地と建設で特別な利益を享受《きょうじゅ》する特定の利権集団なんてものはお前らの妄想の中にだけ存在しているんだ。日本経済全体が、いや日本国全体が原発の上に乗っかっているんだ」

返す言葉が出てこなかった。

「どうだ、これなら原発ムラではなくて原発国家というべきだろう。つまり原発とは特定グループの利益じゃなくて、普遍的な利益を代表しているということだ」

大原は今見たばかりの名簿の衝撃で北畠の台詞《せりふ》をひっくり返す言葉を見失っていたが何とかひねり出した。

「それは特定の利益集団がアメとムチとで日本中に利権の網の目を張ったということなんじゃないですか」

「お前、目がどこについているんだ。これだけの組織がそんな愚かだというのか」

北畠がテーブルの上の小箱を引き寄せた。カステラが入っていた桐箱のように見える。

「これを見てみろ」

ふたを開けて箱を大原のほうに滑らせた。

中には長い辺を上に向けた形でぎっしりと名刺が入っていた。大原は三百枚入りの名刺入れを使っていたが、それと比較すると千枚は優に超えると見えた。同じものがまだ引出しの中に二つも見える。

大原は北畠を見て、これはなんですか、と表情だけで問うた。

「そっちの名簿にある組織の関係者のものだ」

北畠は「日本原子力産業連盟・会員名簿」をあごでしゃくった。

「道府県なら知事、副知事、担当局長クラスだな。その周りの有象無象のモノも混じっている、市町村なら市長に町長に、村長に……、企業なら社長、本部長、３・11以降、それまでよりいっそうふえたくらいだぞ」

「そりゃ、京桜電機の実力会長にはご挨拶《あいさつ》に来るでしょうよ」

「そんなんじゃないよ」

不意に北畠が名刺の入った箱を両手に持って立ち上がった。

あ、会長、危ないですよと大原が止める手を肘《ひじ》で払い箱の中の名刺を握り締めた。

「お前はまだ机の上の目でしか実態を見られないのか。これを見てみろ」

握り締めた名刺の束を大原の頭に投げつけた。頭に軽い衝撃を感じ、それがさらさらと顔から体の周囲に広がった。

「彼らは３・11で猛然とアゲインストの風が吹いているわが社にやってきて、会長、私達がついているから頑張《がんば》ってください、原発がなければ日本国はやっていけないのです、私達もやっていけませんから負けないでくださいと涙をこぼしながらおれの手を握ったんだ」

北畠はもうひと摑《つか》みの名刺を今度は大原の胸に叩《たた》きつけた。ひと摑みでは足らずに何度も何度も大原の体に名刺の束を叩きつけた。

先ほどまで息も絶えそうな状態だったのがウソのようにその所作に勢いがあった。大原のスーツのポケットやYシャツの襟元《えりもと》から体の中にまで名刺が入り込んだ。体中が名刺まみれになった。テーブルの上もソファの上も、テーブルとソファの間の床も名刺が埋め尽くしていた。

大原はそれを避けることなく目をつぶって受け止めていた。

北畠の原発に対する情念のようなものがこの紙切れに仮託され自分にぶつけられているのだと思った。

確かに北畠のいう通りこれだけの人々が原発の再建を求めて北畠の所にやってきたのだ。大原が想定していたような特定の原発ムラの幹部たちが原発への道を切り拓いただけではなく、ほとんど無数の、といってもいいほど大勢の人びとが、どっとその道を進み始め道を大きく広げたのだ。道が大きな事故で渡れなくなっても、無理に渡ろうとして倒れた人の上を乗り越えてもさらに渡ろうとしているかのように思えた。

箱の中の名刺が途切れて攻撃が終わった時、意地になったように北畠に反論した。

「しかし会長室を訪れては来ないでしょうが、それ以上、たくさんの危険な原発の稼働に反対する人が日本中にいるではないですか」

「お前らのくだらない報道が彼らをマインド・コントロールしているのだ」

吐き捨てるようにいって北畠はテーブルの上の引出しの上に屈《かが》み込んだ。

それほど厚くはない一通のパンフレットを大原の目の前に投げ出した。

「これを見てみろ」

表紙の中央上部に「エネルギー源別・発電量ＴＷｈ当たりの死者数」とあった。下部に刷り込まれた一行ほどの文字がシャープペンシルで消し潰《つぶ》されていた。

「これはなんですか」

「そこに書かれているタイトル通りの資料だよ。お前らが原発は危険だ危険だというプロパガンダの真相を書いてある」

「本当ですか」といってパンフレットを手にして座り込んだ。

――近年、電源ごとの発電コストや死者数についての関心が高まっている。温暖化ガス排出量の低減とあらゆる要素がどう絡んでいるかが関心事になっているからである。

導入として書かれた説明を飛ばして表の部分に目をやった。

エネ源	発電量TWh当たりの死者数
石炭（世界）	161人
石炭（中国）	278人
石炭（米国）	15人
石油	36人
天然ガス	4人
太陽光	0・44人
風力	0・15人
水力	0・10人

……

そしてそこを見たときには目を疑ってしまった。

原子力	0・04人

その部分を指で示して北畠に問うた。

「これって他のとは違うデータの取り方をしているのでしょう？」

「どういう意味だ。そこに書いてある通りテラワット時当たりの死者の数だよ」

「こんなに少ないことないでしょう」

「いいか、米国の幾つかの有力学者、研究所の資料を精査したものだよ。あの反原発のドイツのマックス・プランク研究所でもこれを補完するようなデータを発表している」

「そんなに自信があるのならメディアにでもなんにでも発表して公開討論をしたらいいじゃないですか」

「お前らメディアのほうに自信がないのじゃないか」

北畠がせせら笑った。

「どういう意味ですか？」

「『月刊文潮』はこの原稿を載せてはくれなかった」

いわれた瞬間、表紙の下部にシャープペンシルで消された文字が「月刊文潮」だったことに気付いた。持ち込んだけれど掲載されなかったということなのか。

「3・11以降、少しでも原発を擁護《ようご》しようとする意見やデータはメディアではタブーになってしまった。お前が今見ていたのはそのれっきとした証拠だよ」

「文潮が断ったのですか」

「あいつら、途中までは乗り気だったんだ。それがだんだん風向きが変わって、百パーセント約束していた掲載号がひと月延びた。おれは担当者をどやしつけてやったんだが、一向に前に進まない。最後の最後で編集局長の花村《はなむら》というのが出てきた」

「ああ、花村さんは今は社長をされています」

「そうか。それで花村はお為《ため》ごかしに『今こういうものをお出しにならないほうが京桜電機さんのためにもよろしいんじゃないですか』といいやがった」

目と唇《くちびる》を歪めて忌々《いまいま》しそうにいった。

「どういう意味だ、と聞いてやったよ。そしたら『今、御社はひたすら恭順の意を示して、暴風雨のような世論の風が行き過ぎるのを待った方がいいのではありませんか』だと」

「いつ頃のお話ですか」

「だからあの事故があった翌々年の始めだよ。原子力対策協議会の名簿にも２０１３年２月11日という日付があるだろう。おれたちは原発を根も葉もない魔女狩りに曝されっぱなしにしておくわけにいかないと立ち上がることにしたんだ」

「まだ微妙な時期だったんですね」

「正しいことを語るのに微妙な時期もないだろう」

「そんな屈辱的な目にあわれたのに、どうしてまたこの原稿は文潮に掲載されることをお望みなんですか？」

「あすこは良くも悪くも何かものを言う時、日本の檜舞台《ひのきぶたい》のような雑誌だからな。あすこの関門を通るかどうかでヒステリックな日本人の精神の在《あ》り様《よう》が測れるというものだ。あれから六年もたって日本人の心も少しは落ち着きを取り戻したろう。文潮の編集部がそれを冷静に測れば掲載されるだろうと思っている」

舌を巻いた。そういう角度から文潮を見たことはなかった。

しかし北畠のここまで世論とはかけ離れた主張を「月刊文潮」は載せてくれるだろうか？　「ビジネスウォーズ」なら問題なくても「月刊文潮」は国民雑誌を気取っている。大多数のインテリ読者を納得させる記事を載せたいのだ。

「そうだ、そうだ」北畠が悲鳴のような声を上げた。

「お前じゃ頼りにならんから、花村におれが会って直接、掲載を頼んでみよう」

「そのお体ではしばらく療養をされていた方がいいのではありませんか」

「そういうお前が一番おれをこき使っているじゃないか。花村に電話をかけてくれないか」

「まだ会長の原稿のことを何も話していないのに、いきなり電話しても戸惑われるだけでしょう」

「何も話してないのか？　お前おれに嘘を吐《つ》いたのか」

「こういう依頼は原稿がなければ話にならないのですよ」

「あるじゃないか」

「会長にお目通しいただいてＯＫが出なければ、文潮の編集部に見せられないと申し上げましたでしょう」

　話がさっきと同じループに入ってきた。

「とにかく電話をしてくれよ。おれが花村にうまいこと話すから」

「こんな会長の真実の思いのこもった原稿を見る前に断られたらどうしますか」

「いくら花村が愚かでもそんなことはするまいよ。さあ、かけてくれ」と自分のスマホを差し出した。

「私、花村さんの電話番号知りません。原稿は昔から親しくしているデスクに持ち込もうと思っていましたから」

「何を悠長なことをいっているんだ。そんなチンピラじゃ話が右から左に通らないだろう。おれが直《じか》に話すから、おれからだと名前をいって会社の交換からでも呼び出してくれ。さあ」

　仕方なく自分の電話で旧知のデスク波島《なみしま》にかけるとすぐに出た。

「先日ちょっとお耳に入れた件、実は京桜電機の北畠元会長の手記なんです。いま会長のご自宅に伺っているのですが、会長は御社の花村社長と以前からお知り合いだということで」しどろもどろになってきた。

「いま花村社長とお話がしたいといわれているのですが、社長のご連絡先を教えてもらえませんかね」

——北畠さんがそこにいらっしゃるのですか。

「ええ」

——それでは社長の意向を聞いたうえでこの携帯にご連絡しますのでしばらくお待ちください。

電話を切ると北畠が怒ったようにいった。

「どうしたんだ」

「花村さんにご連絡してからまたかけてくれるということです」

「きみも弱腰だな。天下の京桜電機の会長と電話で話すことを嫌がるものなどいないだろう」

北畠は自分を元会長といおうとはしない。

「最近は、個人情報保護法の関係でどこもこんな対応ですよ」

まったくう。北畠は床に散乱した名刺を踏みしめてソファに戻った。

座ったとたん大原の電話が鳴った。

「はい」

――ああ、波島ですが、ただ今の件ですが、いったん私が原稿を見せていただいて、これは面白いから前向きに検討させていただこうとなった段階で、うちの花村が北畠会長にご挨拶に上がるということにさせていただきたいのですが。

花村からの電話だろうと察知した北畠が大原の傍《かたわ》らに来ていた。

「あらためてご挨拶をさせていただきたいと」

途中で北畠が携帯を奪った。

「ああ、お世話になります」痰《たん》が絡んで声が掠《かす》れた。

「京桜の北畠ですが、いつぞやは花村さんにはお骨折りいただきました。今回はその時のお力添えに報いようと思いまして、弊社を巡る出来事の真相を洗いざらいお話しすることにしましたので、きっと世間が騒然とすることと確信しております。『ビジネスウォーズ』の大原君は以前から私の周辺をうろちょろしていた優秀な若手記者ということで、お手伝いしてもらうことになりましたが、あなたとも一度会わないといかんですね」

息せき切ってそこまで言ったとき、北畠が糸の切れた操り人形のように大原の視線の先でへたり込んだ。携帯がテーブルの上に落ちてガチャリといやな音を立てた。

会長、会長。

北畠はソファとテーブルの間、大量の名刺の上に頽《くずお》れた北畠の両肩を支えた。それ以上起こすことはなく、ソファに背中を持たせかけたまま、部屋のドアを開け、「奥様、奥様」と奥に向かって呼びかけた。

夫人は走るようにやってきて、北畠に覆《おお》いかぶさって声をかけた。

あなた、あなた。

「奥様、救急車を呼びますよ」

「お願いします」

大原が携帯を手にしたとき夫人がいった。

「大原さん、主人が何か大原さんに言いたいことがあるそうです」

大原は1・1・9の二つの数字をプッシュしたところで手を止め、夫人が離れた北畠の顔に耳を寄せた。

「おい」蚊の鳴くような声だった。

「絶対に文潮を口説《くど》き落とせよ」

「はい、頑張ります」

「おれの主張がきちんと残されるなら、あとはお前に任せる」

「そうおっしゃらずにきちんとチェックしてくださいよ」

「あそこはおれの主張は好きじゃないんだ。いや日本のマスメディアはみんなおれの主張を無視してきた」

「そんなことはないでしょう」

「馬、鹿な庶民との、そういう馴《な》れ、合いで、政府もメディ、アも、多、数派を、保ってきたんだ」

言葉が続かなくなっている。

「なんと、か、その関門を、突破し、てくれ。頼んだ、ぞ」

どこかからサイレンの音が聞こえてきた。間違いなく近づいている。

13章　辞表

1

文潮社の一階のラウンジは照明が落とされていて、ゆったりと配置されたテーブルに居る人も行きかう人も、顔をはっきりと確認できない。

大原はテーブルの上に視線を向けたまま相手が現われるのを待った。丁と出るか半と出るか、その先は考えないようにしていた。

約束の時間ちょうどに波島が現われた。

「お待たせしました」

波島は大原より五歳ほど若いが、文潮社の出世コースをひた走っている辣腕《らつわん》のオーラは会うたびに濃くなっている。

「北畠さんはいかがですか」

「小康状態のようです」

そう答えるしかなかった。日々の情報を入手しようがないが、いい方向に向かうとは到底思えなかった。

あの日以来、北畠に「きみに任せる」といわれた原稿を仕上げることにだけエネルギーを集中していた。それを波島に送り返事を待っている間に面倒なことが起きた。

あの日、北畠夫人と一緒に救急車で京桜系の病院まで行くことになったのだが、それを京桜電機の誰かに見られ、また嵐出版社にクレームが入ったらしい。二日後に会長兼社長室に呼ばれた。

どういうわけか隼人一人だけしかいなかった部屋で、隼人は大原を呼んだ事情を話してから念を押した。

「本当のことですか？」

「ええ」

「お約束したことは守ってくれないのですね」

「北畠会長の手記を公にすることこそジャーナリストの使命と思いましたから」

「社命を守ることは社員としての使命でしょう」

思わず小さくうなずいてしまった。次に懲戒解雇が切り出されると思ったが、別のことをいい出した。

「その原稿をどうするつもりなんですか？」

「うちでは掲載できないわけですから、どこかいいところをと考えていました」

「どこですか？」

『月刊文潮』を考えています」

隼人はかすかに顔をしかめてからいった。

「文潮はＯＫを出してきたんですか？」

「いま検討してもらっている最中です」

隼人はゆっくり腕を組み、深く息を吸い込んでからいった。

「その原稿、見せてくれませんか」

「うちじゃ、ダメなんでしょう」

「うちというより京桜がダメなんです」

「それじゃ何で……」

「締め切りなしで大原さんがとことん取材した原稿ってのを、ぼくが読んでみたいんです」

はあ？　と驚きの声を漏《も》らしたとき夫人が入ってきた。隼人は慌《あわ》てて話を切り上げた。

「それじゃ大原さん、その件、そういうことでよろしくお願いします」

これで無罪放免かと部屋を飛び出ようとした大原の後ろ姿に夫人が声をかけた。

「ちょっとお待ちなさい」それから隼人を見た。

「依願退職でいいことにしたの？」

「それはいま検討中ということで……」

「そんな曖昧《あいまい》なことじゃダメでしょう。大原君が京桜電機にわび状を書くなら今月以内の依願退職、それを受けないなら可及的《かきゅうてき》速やかな懲戒解雇って役員会で決議したでしょう」

「決議って、それは会長が……」

隼人の言葉をさえぎって夫人が大原にいった。

「大原編集委員、あなただって懲戒解雇を覚悟した上での行動でしょう？　あれだけはっきりと申し渡した社命を破って北畠さんと一緒に京桜病院にまでいっちゃったんですから、解雇しなかったらわが社は会社の体を成していないってことになるでしょう」

返す言葉がなかった。

「それなのに隼人社長があなたの長年の労をねぎらってということで、依願退職の選択肢を残してあげたんです。それなら基準通りの退職金も出してあげられるって」

向かいに座った波島は大原と同じアイス・コーヒーを注文した。

いま担当している特集記事の話を面白おかしく話し始めた。話し上手だったがしばらく聞いているうちにじれったくなり、話を奪って強引に切り出した。

「それで例の北畠さんの原稿ですが、いかがでしたか？」

「ああ。北畠さん、思い切って語っているなと感心しました。あそこまで力を入れたのなら、話している最中に倒れたのもムベなるかな、と」

「力作でしょう」

「ええ、まったく」

嫌な予感が膨《ふく》れ上がってきた。

「花村社長のご判断はどうでしたか」

「社長自身が月刊文潮の記事の掲載の適否を判断はしません。編集長に最終判断を任せてます」

「編集長は、どう?」

「おっしゃるように命がけの力作ですが、このパワーを弊誌では受け止めきれないという判断になりました」

「貴誌なら何だって受け止めてしまうじゃないですか。時の政権を倒すほどの力を持っていらっしゃる」

「それは世論と共闘出来たときなんです。これはそうはいきません」

「世論を作り出すことも多々やってきたじゃないですか」

「この原稿からどういう世論を作り出すんですか? 京桜電機の粉飾くらい、表ざたにならないだけで世界のどこの企業でもやってきたじゃないか。あなたのお父さんもあなたの夫もあなたの恋人も多かれ少なかれやっているんだ、いやあなた自身だってやっているじゃないですか、日本経済を再興するためには、そんなことは小さなことですよと訴えるのですか」

「そういう要約ではなく」と割り込んだ言葉の続きを言わせてはくれなかった。

「原発は火力発電よりずっとTWh単位の死者数が少ないのだから、どんどん再稼働して新設もしましょうよ、ですか」

「そこのところは、あそこに添付した客観的資料に語らせるというのがあの原稿のポイント……」

「大原さんが撮られた千枚を超える名刺の写真を掲載して、これほどの人々が原発の再稼働を望んでいるのだから、決して一部原子力ムラの怪しげな住民たちの利害に基づいているわけではないのですというのですか」

風船の空気が抜けるように肚《はら》の底の力がしぼんでいくのが分かった。それに気づいたのかちょっと笑って波島が続けた。

「あの京桜電機大敗戦の戦犯、北畠大樹の絶筆のような原稿だから、きっと色んな雑誌が喜んで掲載しますよ。しかし弊誌は幸か不幸か国民雑誌を標榜《ひょうぼう》していますので、そこまで世論の裏を張った原稿を載せるわけにはいかないんですよ」

辛うじてわずかに残っていた力を使っていった。

「どこをどう手直ししたら載せていただけますか」

「手直ししたら北畠さんの原稿じゃなくなってしまう。このままで北畠さんらしい個性の際立ったパワフルな原稿ですよ。どこかの雑誌が必ず乗ってきます。僕は今でも『ビジネスウォーズ』が何でやらないのか不思議に思っています」

北畠が掲載を希望するナンバー1が「月刊文潮」だったので弊誌には内緒なのだとあらかじめ伝えてあったが、二番手にも三番手にも「ビジネスウォーズ」の名前は挙がらなかったとは言えなかった。

波島からの返事が想定より遅れていたので、二番手三番手にもメールで「会えませんか」と打診しているが、まだ何の音沙汰《おとさた》もない。

「ということで、残念ですが」

波島は乾いた口調で言うと腰を浮かしかけた。

帰路を辿《たど》るのではなくただ彷徨《さまよ》っていたのかもしれない。

半ば以上、予測していたのだが現実に起こってみると、丸裸で荒野に放り出された孤立感に襲われた。

（どうしたらいいだろう？）

無意識でＪＲ駅のほうに向かっていたようだ。「天元」が遠くに広がるオアシスに感じられていたのだろう。

胸の中でスマホが鳴った。手を胸まで持ち上げる気力が湧《わ》かず呼び出し音が切れた。

もう一度、鳴りだした。やっと手に取った。知っている名前が画面に浮かんでいる。

「はい」

「ああ、大原さん」永瀬だった。

「変なことをいいますが、あの手紙の件、私のこと疑っているでしょう。私じゃないですからね」

こんなときに、バカ野郎と肚の中で罵《ののし》ったが永瀬は続けた。

「たぶん岳人社長が、大原さんを評価するつもりで和子会長に話されたんだと思います」

「もう済んだことだ」

「やっぱり疑っているんだ。私が大原さんの味方だという証拠を一ついいます」

「……」

「三月《みつき》ほど前、大原さん、九時過ぎに会社に戻って来たでしょう。そのとき隼人社長にばったり会って、喫茶店に連れ込まれた」

その場面を思い出した。奇妙な出来事だった。

「あの時、和子会長に命じられて、ぼくと玉木さんは資料室のチェックをしていたんです。ただのチェックで資料をどうにかするつもりなどなかったのですが、そこへ大原さんが帰ってきたから、隼人社長はこりゃ大変なことになると思って、編集部に早く撤収しろという電話をかけてきたんです。大あわてで元に戻して会社を飛び出しました」

「おまえら」一つの心のつかえが降りて、やっとまともな声が出た。

「そんな馬鹿なことをやっていたのか」

「すみません」

2

「どうしたの？」

大原を迎えた愛野の第一声がそれだった。

「なにが？」

「三日くらい徹夜した顔をしているわ」

ああ、と力ない笑いが漏《も》れた。

「冷酒、くれないか」

打たないの？　とは問わず、すぐになみなみと酒を満たしたグラスが出てきた。

大原はグラスを手にして誰もいない「幽玄《ゆうげん》の間」に入った。奥のデスクの盤の前に座りグラスを大きく呷《あお》った。喉《のど》が鈍く鳴るのが分かった。

三日くらい徹夜した顔といわれれば、そのうち二日は波島からの返事を待つことで溜《た》まった疲労で、残りの一日は小一時間の面談の疲労だろう。ひと月近い苦労の成果が小一時間で雲散霧消した。次にどうしたらいいのかを考える気力が残されていなかった。

「文潮、だめだったの？」

酒のつまみのナッツを持って部屋に入ってきた愛野が声を潜めていったが答えなかった。

原稿が上がって波島に届けた日、ここにきてこの盤の前で愛野と岸田にそのことだけを伝えた。その時、「やったわね」と愛野は楽天的な声を上げたが岸田は無言だった。難しいと知っているのだ。

「なら次は『週刊文潮』でしょう、それから『中央ビジネス』だったっけ」

愛野の声が耳の洞穴の奥でこだましているが声は意味の形を成さない。

愛野は口を閉ざし大原の前に座って碁笥《ごけ》の蓋《ふた》を開けた。石をつまみだし盤上に置き始めた。パチリパチリと石が盤を叩《たた》く硬質な音がした。二十ほど音を立ててから愛野が言った。

「これ、何か、わかる？」

盤上に目をやった。配石からプロの打ち碁に違いないと思ったが分からない。

「二〇〇八年の名人戦の最終局、井山が張栩《ちょうう》に負けた碁よ。それで井山は十中八、九手に入っていた名人位を逃したの。井山は部屋に帰ってさめざめと泣いたそうよ。そのとき井山は十九歳、オーさんの息子さんと同じくらいじゃないかしら」

「放っておいてくれないか」

「勝負にかける人は、どんな局面になっても最善手を考えること以外にやれることはないのよ」

「放っておいてくれないか」

愛野は不意に立ち上がって部屋を出ていったが、自分用の酒を持ってすぐに戻ってきた。

お疲れさま、そういってグラスを大原の前に突き出した。

「オーさんは碁打ちじゃないものね」

ひと言いってグラスに唇《くちびる》をつけてから二人の間に沈黙が流れた。

「あ、岸田さんが来た」

愛野が立ち上がった。

「キッシー入れていい？」

大原が答えるより先に岸田は「幽玄の間」の扉を開けた。

「なんだ、二人して井山の涙の一局を並べていたのか」

岸田は盤上をひと目見ただけでそれに気が付いたのだ。自分とは勉強量が違う、大原はふっとそう思った。

「おれ、あっちで『天元リーグ戦』を打ってくるわ」

岸田は部屋を出ていこうとした。二人の間に、打ち碁の研究をしているのとは違う空気を感じたのだろう。扉に手がかかったとき愛野がいった。

「オーさん、『月刊文潮』、ダメだったみたい」

「うむ？」

「岸田さんのいっていた通りね。オーさんがいくら頑張《がんば》ったって、天下の『月刊文潮』は、今や日本経済の汚点になり下がった北畠大樹のためにページを割いてはくれないんだわ」

愛野がわざと傷口に塩を擦《す》り込むような言い方をしているのが分かった。

「愛野」と岸田がたしなめる。

「このあいだ岸田さんがいったんじゃない」

「おれはそんな言い方はしない」

「言い方って、キッシー、石は、打つ手つきなんてどうでもいいのよ。置かれたところでそれに応じた力を発揮するだけなの。言葉も同じ、結果は岸田さんの言葉通りだった」

「オーさん、断じておれはそんな風に言っていないからね」

ちょっとトイレ、とわざとらしくいって岸田は「幽玄の間」を出ていった。

愛野は扉から外へ顔を出し「冷酒、もう一杯ね」とさりなに声をかけ、大原の隣の盤の前に腰を下ろした。その声に促されるように大原はコップの底に三センチほど残っていた酒を喉《のど》の奥に放り込んだ。

「日本経済の汚点か？」

沈黙が続いた後、大原から飛び出した言葉がそれだった。

「あたしには経済のことは分からない。わかるのは囲碁のこと。囲碁なら、妙手になるのか、悪手になるのかはその後の打ち方しだいでしょう」

大原が何も言わないのに愛野が続けた。

「オーさん、締め切りのない、見切り発車じゃない原稿を書きたかったんでしょう。その通りの原稿を書いたんでしょう、目標を達成したじゃない」

確かに北畠にとことんしゃべらせた。締め切りのせいで見切り発車だったからこんな不本意な原稿になったと、誰にも文句は言えない。

愛野はそれだけを言って「幽玄の間」から出ていった。

「天元」の大部屋のほうは急に客が増えにぎやかになってきた。愛野はその中に紛《まぎ》れ込んであちこちで談笑を誘っているようだった。

大原と親しい碁敵《ごがたき》がときどき扉を開けたが皆ひと言ふた言いうと大部屋のほうに戻っていった。自分がいつもと違う空気を放っているのだと大原は分かっていた。

大原は盤の前の椅子《いす》の上でいつの間にか結跏趺坐《けっかふざ》になっていた。脳裏を思考の断片が取り留めなく流れていく。

自分はだれにも文句を言えない条件で原稿を書いたのだ。「月刊文潮」に掲載できないことに不満があるのは自分ではなく、病院で危篤《きとく》状態にある北畠なのだ。しかしそれが「月刊文潮」の判断なら仕方ない。「ビジネスウォーズ」は掲載してもらえないどころか自分の身分が危うくなっているし、打診している二番手三番手もその気がないならそれも仕方ない。

思考が霧のごとく形を成さないことを目指している。成さない形の向こうから最も本当の考えが浮かんでくる。

本当におれは「月刊文潮」に掲載されないことに不満はないのか？　おれもそれを望んでいたのではないか？　あれだけ天下を騒がせ天下の非難を浴びせられた北畠大樹の正面からの抗弁だ。それを天下に唱える檜舞台《ひのきぶたい》は「月刊文潮」だろう。いっても詮無《せんな》いのだよ。花村に到達する前に波島ごときに軽く断られたのだよ。目標を達成したじゃないの、と愛野の声が脳裏のどこかでこだましている。さておれは一体、何をどこまでを、目標としていたのか？

3

「飯は食ったから」と知子にいって二階に上がった。帰路で飯も食っていなかったし、「幽玄の間」でのコップ酒も二杯目は飲めなかった。愛野の言葉に心奪われていたのだ。

部屋に入るとすぐにＰＣの電源を入れた。スーツを部屋着に着替えている間にＰＣが立ち上がっていた。その前に座り込みワードを開いた。ファイルの中から「北畠大樹の論理（仮）」というタイトルを呼び出した。波島に送った原稿である。Ａ４原稿に十九字二十五行で十八枚の分量がある。「月刊文潮」のトップ記事にしたとき、最大このくらいの原稿量になるはずなのだ。

ゆっくりと読み直した。どのくらい時間をかけたか分からなかった。

読み始めてすぐに原稿に引き込まれた。自分が書いたものだという意識はたちまちなくなっていた。身体《からだ》を揺さぶるものが原稿から立ち上ってきた。

人の世の真実を北畠は語っている。多くの人はこの真実を生きながら、この真実を語ってはいけないという風が世界中を吹き荒れている。そのせいで人間の真実と取り繕いの乖離《かいり》が広がるばかりだ。世論はあたかもユートピアがこの世に実現できるものとして森羅万象を断罪していく。酒場の政談ならともかく公には誰もそういう世論を「そんな馬鹿な」といえなくなっていく……。

読み終えて思った。おれは何も「月刊文潮」にも二番手、三番手にもこだわることはない。北畠の望みを果たそうと最大限の努力をしたのだ。そんな顔の見えない読者ではなく、おれが読ませたいと思う人に読んでもらえばいい。まず第一に「大原定期便」を送っている経済人だ、日ごろメディアで目にしておれが納得のいく論陣を張っている数少ないジャーナリストや学者、そしてときどきおれの原稿に共感の感想文を送ってくれる友人・知人・読者……。

大原は画面を「Windows Live メール」に切り替えた。指先からすらすらと文章が生まれてきた。

――秋冷の候、皆様にはご健勝のこととお慶び申し上げます。

さてこの度、私は元京桜電機会長の北畠大樹氏にお目にかかり、いわゆる〝京桜電機事件〟について北畠氏のご意見をうかがいました。

この事件については、マスメディア、第三者機関などが多くの情報や証言などを収集し、それを分析し、判断を下し、国民的評価は定まったように思われている方が多いことと思います。

ところが事件の中心人物の一人と目された北畠氏はかねてよりこの判断、評価に大いなるご不満を抱いており、私の下に「第三者委員会の報告はあまりに歪曲《わいきょく》をしているが、自分には抗弁の場さえ与えられない」由《よし》怒りに満ちたお便りを頂戴《ちょうだい》しました。

その後、機会がないまま時日が過ぎてしまったのですが、先般、北畠氏は病を得られたことでご自分の考えを天下に訴えようと心を決められ、私が氏の抗弁を聞き書きさせていただくこととなりました。

その内容はこれまでマスメディアなどでは触れられることのない含蓄《がんちく》あるものでした。

北畠氏は現在、病気と闘っている最中でありまして、このご発言は私が最も適切だと思う形で公表するよう北畠氏から託されております。

私も色々考えて参りましたが、今般私が最も信頼する方々に直接お読みいただこうと思い、こうしてメールを介してお送りする次第であります。

大原はページの最上段「宛先」に自分のアドレスを入れた。一段空けた三段目の「BCC」をクリックし現れたアドレス帳を最上段から丁寧《ていねい》にチェックし、「大原定期便」「ビジネスウォーズ購読企業」などのメーリングリストの他、これと思える友人や情報源などをどんどん登録していった。

(これがおれの本当の味方なのか？)

そういう疑念が浮かんだが、味方でなくてもいいのだという思いが続いた。味方ではなくともこの原稿をしっかり読んでくれるはずの人たちだ。

ふっと思い立ってアドレス帳を始めのほうまで戻り、「五十嵐隼人」のアドレスを「BCC」に入れた。

4

どういうわけか、大原が今月いっぱいで依願退職をするということが嵐出版社中に広がっていた。誰も面と向かって大原に確認しはしなかったが表情と態度ですぐに分かった。

大原はいつでも「退職願」を提出してやろうという心境になっていた。書斎のPCで下書きを作り、それを筆でしたためたものがスーツの内ポケットに入っている。機が熟したらいつでも夫人に差し出そう。

夫人の言葉に異存はなかった。自分は理の通った社命に逆らったのだ。それでもどこかで許されるような気がしていた。なぜなのかは自分でも分からない。まだ岳人の庇護《ひご》のもとにあるような錯覚が残っていたのかもしれない。

それと知られないよう少しずつデスクの周辺を片付けていた。「お辞めになるんですか」などと誰かが言い出し、大げさになることが嫌だったのだ。

その日、一本の電話があった。相手は名乗る前にいった。

「やったな。あれ、えらく面白かったよ」

山上証券時代、数少ない気を許せた友、村越《むらこし》とすぐに分かった。

廊下に出ながらその言葉に応じた。

「ありがとう、北畠さんの遺書だから、命がこもっている」

「きみ、『ビジネスウォーズ』、辞めるのか？」

「どうして？」

「あの力作を雑誌に載せないで、おれなんかにBCCメールで送ってくるなんて変じゃないか」

「強力なスポンサーらしい京桜電機の意を受けたうちの会社から、北畠さんに接触してはならんと社命が出ていたが、おれはそれを破った。近々辞表を出すことになっている」

「納得してんのか」

「社命にはそれなりの筋が通っているからな」

「なるほど」短い沈黙を挟んでから続けた。

「それならおれはもう弱小スポンサーを降りてもいいな」

村越が数年前に起こしたEC企業がうまくいっていることを聞いて、二年前からスポンサーになってもらっていた。

「ああ、長いことありがとう。お前は金の面倒は見てくれないんだな、と社長にいわれ続けていたんだけど、きみら昔からの友の協力で少しはそれが和らいでいた」

話を終え部屋に戻ろうとしたが、ドアの前でしばらくたたずみ、方向を変えトイレに向かった。個室に入ってズボンをはいたまま便座に腰を下ろし、村越とのやり取りを反芻《はんすう》した。無駄のない必要な言葉だけを交わした。その分思いは余計に伝わった気がする。「ビジネスウォーズ」のスポンサーを依頼した時も同じようなことを感じたことを思い出した。本当の友とは無駄な言葉のいらない関係なのだ。

それからスーツのポケットに入れていた封筒を取り出した。表に「退職願」と書いてある。中身はネットで調べた定型の文章である。機は熟した、提出するのは今だ、そういう気分になっていた。

部屋に戻らず直接三階に上がった。ためらうことなく会長兼社長室をノックした。誰？　と隼人の声がした。「大原です」中で二つの声が絡み合うのが分かった。一つは隼人のもの、もう一つは声を潜めているが夫人のものだろう。

「いいですよ」ドアを開けると会長の席に夫人が腰を下ろし、その前に隼人が立っていた。隼人は笑みを浮かべ夫人は渋い表情になっていた。

大原はもう手に「退職願」を握っていた。

それを隼人に突き出した。

「先日から言われていた退職願ですが持ってきました」

隼人は受け取ろうとせずに夫人のほうを見た。夫人は渋面《じゅうめん》のまま顔をそらせた。

隼人が受け取ろうとしないので大原は「退職願」を持った手を宙に浮かせている。

「何からお話ししましょう」

隼人は夫人に声をかけてから大原に向き直った。

「いま大原さんのお友達の村越さんから電話があって、『ビジネスウォーズ』のスポンサーを降りたいといわれました」

あいつ、そんなに早く行動に移したのか。

「村越さんにもあの北畠原稿を送られたんですね。あんな凄《すご》い原稿を書くジャーナリストを失うなんてもったいないですね、といわれました」

それで、と一瞬夫人のほうへ視線をやってから続けた。

「わたしもよくあの北畠さんからあそこまで話を引き出せたなと感心しましたが、それより驚いたことがあります」

怪訝《けげん》な表情になった大原に笑みを見せた。

「気が付きませんでした？」

「ええ、なんのことですか？」

「あの、世間というものを知らないＰＴＡママたちのようなちっぽけな正論におもねるなというセリフ、私が嵐出版社に入社した日、前社長が社長室で私に下げ渡した訓示とそっくりですよ。大原さんもその部屋にいらしたじゃないですか」

「……？」

隼人のいった言葉を反芻して思い出した。確かに岳人はそう言った。

「ええ、そうでした」

「ほら、母さん」といいかけて「会長」と言い直した。

「それが嵐出版社の、『ビジネスウォーズ』の原点じゃないですか」

「だからって」

「創業者の原点と理念をしっかり踏まえた原稿を掲載できない雑誌って存在意義がありますか」

「原点を踏まえたからって倒産しちゃったら存在できないじゃないの」

「ぼくもあの原稿を読んでからずっとそれは考えていたんです。そしたらついさっき答が出たんです」

夫人は口を閉ざしたが硬い表情は崩さない。

「答？」大原が水を向けた。

「村越さんですよ。村越さんは、大原さんが嵐出版社を辞めたら、スポンサーを降ろしてくださいと言ってこられた。もちろんそれを止めるすべは私にはありません。これまでありがとうございましたと御礼を言って電話を切ったのですが、ふっと思い立ってスポンサーのリストを確認したら大原さん経由でスポンサーになってくれた企業が七社もあるんですね。どの会社も年間百万円のMランクですが、合計するとSランクの京桜電機とそう変わらないのです」

「はやと！」

夫人が悲鳴のような声を上げた。スポンサーの情報を大原に知らせるなというのだろう。

「母さん」といってから「会長」と呼び変えた。

「理念こそ、企業をしゃんと立たせておく柱じゃないですか。理念を見失えば企業は存在基盤を失う、ましてや出版社はそうなんだと、父さんが、創業者がそういっていたじゃないですか」

夫人は言葉を返そうとしない。

「私がそういう結論を得た直後に、その背中を押すように村越さんからの電話があったのです。あの原稿は『ビジネスウォーズ』の次号に載せます。京桜電機からクレームが入るでしょうが、ご縁がなかったものと諦《あきら》めて他にスポンサーを見つけましょう。どちらにしろ京桜電機は、今後それほど長い期間スポンサーでいてくれないと思いますよ」

体の力が抜けた夫人は椅子に吸い込まれるように座っていた。

「大原さん、いいですね。あの原稿、そうさせてもらいますよ」

エピローグ

〈日本の企業が、ＰＴＡママのきれいごとの正論に、絞め殺されていいのか★京桜電機の運命を揺るがした北畠大樹の遺言〉

こう銘打った原稿は、校了間近だった「ビジネスウォーズ」の特集記事と幾本かの連載記事を取りやめて掲載されることになった。

北畠がいよいよ危ないと、北畠夫人から聞かされた大原が隼人にそう伝えると、すぐ隼人が決定したのだ。いつもの二倍の部数を刷ると最終的に決めたのも隼人だった。

それから四日間、大原と隼人と永瀬はほとんど徹夜となったが、誰も泣き言をいいはしなかった。

北畠は自らの死をもって、渾身《こんしん》の論駁《ろんばく》を天下に訴えるかのように、発売の三日前、七十年余の生涯を終えることとなった。

しかしマスコミはそのことをあまり大きく扱わなかった。どのメディアも二年前から北畠を叩《たた》いた紙面と画面の百分の一も彼の死に割《さ》きはしなかった。

　大原は社長室に行って隼人に相談を持ち掛けた。

「私、好きなことをやっていいといわれた編集委員の仕事の軍資金として、今回二百万円を用意しましたけど、まだかなり余っています。これで中央経済新聞に五段四分の一の広告を打ってください」

　驚きに目を丸くしてから隼人がいった。

「大原さんの個人の資金を『ビジネスウォーズ』のためには使えません。今号はいつもの二倍も刷ったのですから、そのくらいの宣伝費は出せます」

　隼人は嵐出版社の金で、「中央経済新聞」に五段四分の一の広告を打った。スペースの大半を北畠の刺激的な言葉で埋めた。

　新聞が配達されるのとほとんど同時に営業部の二回線の電話が鳴り出した。どれも「ビジネスウォーズ」を注文する書店と読者からのものだった。

　次の週、ある週刊誌が「ビジネスウォーズ」の記事を材料に北畠の功と罪について皮肉っぽく記事にし、それを追いかけた別の週刊誌に、北畠夫人が「あの記事には悪意に満ちた事実誤認がある」と抗議したのをテレビのニュースショーが面白おかしく取り上げた。

その間「ビジネスウォーズ」への注文は途切れることがなかったので一回増刷することとなり、「中央経済新聞」の広告費分は優にカバーすることができた。

増刷が決まった日、大原は「今すぐ、こっそり社長室に来ていただけませんか」と隼人に内線で呼ばれた。

部屋に入るとドアの内側に立っていた隼人は声を潜めるようにしていった。

「やりましたね。やっぱりとことん真実に肉薄した記事は読者の心に届くのですね」

同時にかすかに膨《ふく》らんだ白い封筒を大原に渡した。

「なんですか、これは？」

「大原さんの自腹分を少しでもカバーしようと思いまして」

大原が思わず手にすると、

「とりあえず社内的には内緒ですよ、とくに会長には。今んところ名分が立たないものですから」

と苦笑いした。一瞬、迷ったが、

「ありがたくいただきます」押しいただくしぐさをしてからスラックスの後ろのポケットに突っ込んだ。十万円分の厚みを感じた。

「大原さんのところからまたすごい記事が飛び出さないかな。ぼくは今度のことで世間としっかり向き合う記事を世間に訴える醍醐味《だいごみ》を知ったんですよ」

そのとき部屋の外に足音が聞こえ、ドアが開けられた。

玉木が腰をかがめ部屋の中をうかがうように姿を現した。

大原の姿を見て後ろを振り返ると夫人が速足で部屋に入ってきた。

「社長」大原を睨《にら》みつけながら隼人に声をかけた。

「役員会で決めたことを破るようなことはしないでくださいよ」

役員会といっても通常は会長の夫人と社長の隼人の二人で構成されているに過ぎない。

「ええと、なんのことでしょうか？」

「編集委員を『ビジネスウォーズ』の編集部に戻すことはしないということですよ」

「ええ、現状ではそれは理解しています」

「現状では、じゃありませんよ。これからわが社はますます若返りを図らなくてはいけないと決議したではありませんか」

ええ、と答えた隼人の顔にかすかな苦笑がある。

「しかし今回の編集委員の記事は最近の弊誌が経験したことのないほどの反響と利益をもたらしました」

「それはわが社がスポンサーの意向に応じないという大きな犠牲を払って、今回限りとして決断したことで、二度とあってはならないことだと思っています」

「もちろんスポンサーは大事にしたいと思いますが、経営者とビジネスマンの心を揺さぶる記事はこれからも追求していきたいと思います」

「それは隼人編集長の双肩にかかっているのですよ」

夫人がそういって会長のデスクに座り込んだので、大原は隼人に頭を下げて部屋を出た。


新宿駅で迷わず降りた。

隼人があの記事を「ビジネスウォーズ」に載せると決めてから三週間、「天元」に来ることを思い浮かべもしなかったが、隼人と別れて以降、愛野と岸田にここのところの顚末《てんまつ》を無性に話したくなっていた。

隼人がくれた封筒には二十万円が入っていた。三千部の増刷は百万円ほどの増収だろう。その二割を奮発してくれたのだ。尻のポケットから内ポケットへと封筒を移していた。

歌舞伎町に入るところの果物屋でメロンを買い、「天元」に向った。

電話で呼んでおいた岸田と、店番をさりなに任せた愛野と一緒にコップ酒を持って「幽玄《ゆうげん》の間」に入った。

「相変わらず、いやなばあさんね」

話が終わらないうちに愛野が口をゆがめていった。

「でも若社長は悪くない。二十万円か、これからは面白いことができそうだな」

岸田は自分の部下でも褒《ほ》めるように相好《そうごう》を崩した。

「そうもいかないんだよ」

夫人が念を押したことを説明すると愛野が笑みを浮かべていった。

「大丈夫よ。今度と同じようにすごい記事が書けば、またトップ記事になるわ」

「ああ、そうだ。誰か入院中の訳あり経営者はいないかな？　遺言となれば誰もが相当のことを話す気になるぞ」

岸田の言葉に、ちらっと頭の中で該当者を探したが、慌てて脳裏から追い払った。

コップ酒を二杯、岸田と一局打っただけで大原は「天元」を後にした。

「まだ早いじゃない」

愛野はスナックのママが客を引き留めるような言葉を大原に投げた。しかし「奥さん、怖いものね」とか「そんなにおうちがいいの？」などと家庭を思わせることはこれまでも口にしたことはない。何年か前に気づいたが、気のせいだろうと自分で打ち消している。

玄関に迎えに出た知子に「天元」に持っていたものと同じメロンの箱を黙って渡した。果物屋まで少し戻って買ってきたのだ。

「なに、これ？」

「メロンだよ」

「どうしたの？」

「雑誌が結構売れたんで、隼人君が取材費を少し補塡《ほてん》してくれたんだ」

「そんなに売れたの？」

「いつもの倍以上だ」

へえ、といって奥に行きかけた知子の足が動かなくなった。

「冷やしといたほうがいいだろう」

それでも知子は動かない。その手からゴツンとメロンの箱が廊下に落ちた。上体が小刻みに揺れているのが分かった。すすり泣いているのだ。

バカだな、と笑いかけた大原に知子が抱きついていった。

「あなたの頑張《がんば》りのおかげよ」

どうしていいか分からず体をほどきながらいった。

「おれは、おれの仕事をやっただけだよ」

「でもいい結果が出たんでしょう」

「まあな」

知子はメロンの箱を拾い上げ、階段の上に向って声を上げた。

「みさき、たくちゃん。お父さんがメロンお土産だって、食べましょう、降りていらっしゃいよ」

拓也のことも呼んでいるのが気になったが別のことをいった。

「ひと晩、冷やして、明日にしたらどうなんだ」

「今日、あなたにいいことがあったんですもの、今日、子供たちにも食べさせましょうよ」

「拓也、大丈夫なのか」

「たぶんダメだけど、あの子を外さないことにしているの」

もう一度、二人に声をかけてから大原にいった。

「うちに起きていることは、なんでも、あの子にも知らせることにしたの。あなたのそれがよかったみたいだから」

「おれの、それ？」

「あたしにもよかったわよ」

メロンは、降りてこなかった拓也に四分の一を残して三人で食べることにした。冷えが足りないぶん味が落ちていたが、一口かじりついた美咲が、「美味《おい》しい」と大げさにいってからこう続けた。

「ハヤト君が取材費を出してくれたからこれを買ったんだ」

「隼人社長といいなさいよ」という知子の言葉を弾き飛ばすように大原がいった。

「ああ、あいつも岳人社長のように大きな社長になるかもしれない」

「ガクト社長？」

不思議そうな口調で美咲がいった。美咲は編集委員にさせられたあとの父と「ビジネスウォーズ」のことしか聞きかじっていないのだ。

「ああ、父さんのことを一丁前に育ててくれた凄《すご》い社長だ」

「へえ、お父さんのことを育てられる人なんているんだ」

「当たり前だろう。父さんだって、赤ちゃんから始めて、いろんな人に育てられて、学生もやって新米社員もやって、今の父さんになっているんだ」

ふうーん。メロンを口に運びながらどうでもいい口調になって美咲が続けた。

「いまでもだれか育ててくれる人がいるの？」

誰かが俺を育てているって？

その言葉に引きずられ大原の頭の中にいくつかの顔がよぎった。最後に拓也がちらりとよぎったとき思わず首を振り笑みを漏《も》らしていた。

「どうしたの？」

どんな表情だったのだろうか、知子に聞かれ、大原は黙ってメロンにかぶりついた。

本書は文庫書下ろし作品です。
本作品はフィクションです。

|著者| 江波戸哲夫　1946年東京都生まれ。東京大学経済学部卒業。都市銀行、出版社を経て、1983年作家活動を本格的に始める。政治、経済などを題材にしたフィクション、ノンフィクション両方で旺盛な作家活動を展開している。『新装版　銀行支店長』『集団左遷』（講談社文庫）がTBS日曜劇場「集団左遷!!」の原作となる。近著に『新装版　ジャパン・プライド』『起業の星』（講談社文庫）、『新天地』（講談社）、『定年待合室』（潮文庫）などがある。

ビジネスウォーズ　カリスマと戦犯《せんぱん》

江波戸哲夫《えばとてつお》

講談社文庫

定価はカバーに
表示してあります

2019年7月12日第1刷発行

発行者――渡瀬昌彦
発行所――株式会社　講談社
東京都文京区音羽2-12-21　〒112-8001
電話　出版　(03)　5395-3510
　　　販売　(03)　5395-5817
　　　業務　(03)　5395-3615

Printed in Japan

デザイン―菊地信義
本文データ制作―講談社デジタル製作
印刷―――豊国印刷株式会社
製本―――株式会社国宝社

ISBN978-4-06-515945-3

講談社文庫刊行の辞

二十一世紀の到来を目睫に望みながら、われわれはいま、人類史上かつて例を見ない巨大な転換期をむかえようとしている。

世界も、日本も、激動の予兆に対する期待とおののきを内に蔵して、未知の時代に歩み入ろうとしている。このときにあたり、創業の人野間清治の「ナショナル・エデュケイター」への志を現代に甦らせようと意図して、われわれはここに古今の文芸作品はいうまでもなく、ひろく人文・社会・自然の諸科学から東西の名著を網羅する、新しい綜合文庫の発刊を決意した。

激動の転換期はまた断絶の時代である。われわれは戦後二十五年間の出版文化のありかたへの深い反省をこめて、この断絶の時代にあえて人間的な持続を求めようとする。いたずらに浮薄な商業主義のあだ花を追い求めることなく、長期にわたって良書に生命をあたえようとつとめるところにしか、今後の出版文化の真の繁栄はあり得ないと信じるからである。

同時にわれわれはこの綜合文庫の刊行を通じて、人文・社会・自然の諸科学が、結局人間の学にほかならないことを立証しようと願っている。かつて知識とは、「汝自身を知る」ことにつきていた。現代社会の瑣末な情報の氾濫のなかから、力強い知識の源泉を掘り起し、技術文明のただなかに、生きた人間の姿を復活させること。それこそわれわれの切なる希求である。

われわれは権威に盲従せず、俗流に媚びることなく、渾然一体となって日本の「草の根」をかたちづくる若く新しい世代の人々に、心をこめてこの新しい綜合文庫をおくり届けたい。それは知識の泉であるとともに感受性のふるさとであり、もっとも有機的に組織され、社会に開かれた万人のための大学をめざしている。大方の支援と協力を衷心より切望してやまない。

一九七一年七月

野間省一

講談社文庫 最新刊

鳴海 章

全能兵器AiCO《アイコ》

AIステルス無人機vs.空自辣腕パイロット！尖閣諸島上空で繰り広げる壮絶空中戦バトル。

福澤徹三
糸《し》柳《やな》寿《とし》昭《あき》

忌《い》み地〈怪談社奇聞録〉

怪談社・糸柳寿昭と上間《かみま》月貴《つきたか》が取材した瑕疵《かし》物件の怪異を、福澤徹三が鮮烈に書き起こす。

堀川惠子

戦禍に生きた演劇人たち〈演出家・八田元夫と「桜隊」の悲劇〉

広島で全滅した移動劇団「桜隊」の悲劇を、圧倒的な筆致で描く、傑作ノンフィクション！

輪渡颯介

優しき悪霊〈溝猫長屋 祠之怪〉

縁談話のあった相手の男に次々死なれる箱入り娘。幽霊が分かる忠次たちは、どうする!?

甘糟りり子

産まなくても、産めなくても

妊娠と出産をめぐる物語で好評を博した前作『産む、産まない、産めない』に続く、珠玉の小説集第2弾！

小前 亮

〈天下一統〉**始皇帝の永遠**

主従の野心が「王国」を築く！ 天下統一を成し遂げた、いま話題の始皇帝、激動の生涯。

山本周五郎

家族物語 おもかげ抄〈山本周五郎コレクション〉

すべての家族には、それぞれの物語がある。様々な人間の姿を通して愛を描く感動の七篇。

瀬戸内寂聴

新装版 **かの子撩乱**

川端康成に認められ、女性作家として一時代を築きかけた岡本かの子。その生涯を描いた、評伝小説の傑作！

本格ミステリ作家クラブ選・編

本格王2019

飴村行・長岡弘樹・友井羊・戸田義長・白井智之・大山誠一郎。今年の本格ミステリの王が一冊に！

マイクル・コナリー
古沢嘉通 訳

訣別 (上)(下)

LAを駆け抜ける刑事兼私立探偵ボッシュ！その姿はまさに現代のフィリップ・マーロウ。

講談社文芸文庫

野崎 歓

異邦の香り ネルヴァル『東方紀行』論

解説＝阿部公彦

オリエンタリズムの批判者サイードにも愛された旅行記『東方紀行』。国境を越えた遊歩者《フラヌール》であった詩人ネルヴァルの魅力をみずみずしく描く傑作評論。読売文学賞受賞。

のH1
978-4-06-516676-5

オルダス・ハクスレー 行方昭夫 訳解説＝行方昭夫 年譜＝行方昭夫

モナリザの微笑 ハクスレー傑作選

ディストピア小説『すばらしい新世界』他、博覧強記と審美眼で二十世紀文学に異彩を放つハクスレー。本邦初訳の「チョードロン」他、小説の醍醐味溢れる全五篇。

ハB1
978-4-06-516280-4

上田秀人　梟《ふくろう》の系譜〈宇喜多四代〉
上田秀人　竜は動かず　奥羽越列藩同盟顛末　(上)万里波濤編　(下)帰郷奔走編
内田樹　下流志向〈学ばない子どもたち　働かない若者たち〉
内田樹　釈徹宗　現代霊性論
上橋菜穂子　獣の奏者〈I闘蛇編〉
上橋菜穂子　獣の奏者〈II王獣編〉
上橋菜穂子　獣の奏者〈III探求編〉
上橋菜穂子　獣の奏者〈IV完結編〉
上橋菜穂子　獣の奏者〈外伝　刹那〉
上橋菜穂子　物語ること、生きること
上橋菜穂子　明日は、いずこの空の下
上橋菜穂子原作　武本糸会漫画　コミック　獣の奏者 I
上橋菜穂子原作　武本糸会漫画　コミック　獣の奏者 II
上橋菜穂子原作　武本糸会漫画　コミック　獣の奏者 III
上橋菜穂子原作　武本糸会漫画　コミック　獣の奏者 IV
上田紀行　ダライ・ラマとの対話
上田紀行　スリランカの悪魔祓い
嬉野君　妖怪極楽
嬉野君　黒猫邸の晩餐会

上野誠　天平グレート・ジャーニー〈遣唐使・平群広成の数奇な冒険〉
うかみ綾乃　永遠に、私を閉じこめて
植西聰《あきら》　がんばらない生き方
海猫沢めろん　愛についての感じ
遠藤周作　ぐうたら人間学
遠藤周作　聖書のなかの女性たち
遠藤周作　さらば、夏の光よ
遠藤周作　最後の殉教者
遠藤周作　反逆(上)(下)
遠藤周作　ひとりを愛し続ける本
遠藤周作　深い河《ディープ・リバー》
遠藤周作　周作塾〈読んでもタメにならないエッセイ〉
遠藤周作　新装版　海と毒薬
遠藤周作　新装版　わたしが・棄てた・女
江波戸哲夫　新装版　銀行支店長
江波戸哲夫　集団左遷
江波戸哲夫　新装版　ジャパン・プライド
江波戸哲夫　起業の星
江上剛　頭取無惨

江上剛　不当買収
江上剛　小説　金融庁
江上剛　絆
江上剛　再起
江上剛　企業戦士
江上剛　リベンジ・ホテル
江上剛　起死回生
江上剛　瓦礫の中のレストラン
江上剛　非情銀行
江上剛　東京タワーが見えますか。
江上剛　慟哭の家
江上剛　家電の神様
江上剛　ラストチャンス　再生請負人
江國香織　真昼なのに昏《くら》い部屋
江國香織・文　松尾たいこ・絵　ふりむく
M・モーリス　江國香織訳　宇野亜喜良絵　青い鳥
江國香織他　100万分の1回のねこ
遠藤武文　プリズン・トリック
遠藤武文　パワードスーツ

講談社文庫　目録

講談社文庫　目録

2019年6月15日現在